文苑华章
西北大学学生优秀文学作品选

诗歌卷

主编：段建军
本卷主编：陈然兴

西北大学出版社

西北大学"创新创业"教育改革项目资助成果
西北大学"双一流"建设项目资助成果
教育部人文社科重点研究基地(培育)建设成果

文苑华章丛书编委会

编委会顾问／贾平凹
编委会成员（以姓氏音序为序）
    曹明明　曹小晶　常　江　陈然兴　陈晓辉
    段建军　方蕴华　高字民　谷鹏飞　姜彩燕
    姜　宇　雷武锋　李邦邦　李　彬　李芳民
    李　浩　刘炜评　沈文君　王尧宇　吴振磊
    杨遇青　张阿利　张文利　张亚蓉　赵　强
    赵小刚　赵小雷
主　　　编／段建军
执 行 编 辑／杨遇青　高字民　陈晓辉　陈然兴
    王理鹏　王晋华

文思并重立基调，薪火相传奏华章
——《文苑华章》序

西北大学素有培养作家的传统，百余年来，名家迭出，为中国现当代文学做出了重要贡献。在2016年9月12日举行的"坚定文化自信，讲好陕西故事"陕西文艺工作者座谈会上，陕西省省委书记娄勤俭同志高度肯定了西北大学文学学科取得的成绩，认为"西北大学作家群"，是中国当代文学与陕西文学的一个奇迹。

20世纪80年代以来，西北大学文学院曾成功举办了四届"作家班"。当年毕业于西北大学、起步于西北大学的一大批文学青年，现已成长为文学创作和文艺批评领域的卓然大家，在中国文坛具有举足轻重的影响。当代中国文坛亲切地将其称为"西北大学作家群"，而将活跃在中国当代文坛的这样一种创作现象称为"西北大学作家群现象"。这个群体的代表性人物：诗歌方面，有牛汉、雷抒雁、刁永泉、薛保勤、朱文杰、商子秦等；小说方面，有贾平凹、迟子建、王刚、孙皓晖、鬼子、钟晶晶、熊正良、陶少鸿、李康美、冯积岐、吴克敬、杨少衡、马玉琛、王宏甲、肖黛、董生龙等；散文方面，有杨闻宇、白阿莹、方英文、穆涛、李傻傻、沈宁（美）、和谷、李廷华、骞国政、张书省、张虹、庞烬等；新闻和报告文学方面，有马利、万武义、肖复华、李勇等；剧作家及导演方面，有郑定宇、黄建新、张子良、庞一川、王吉呈、潘飞、王三毛、周友朝、张晓春等；文艺理论和文艺批评方面，有何西来、党圣元、王富仁、张永清、李国平等。"西北大学作家群"不仅人数巨大，而且分布广泛，影响深远，构成了中国当代文坛的一道亮丽景观。于是，西北大学作为"文学沃土，作家摇篮"的美誉不胫而走，得以迅速传播,得到了广泛认同。

　　"西北大学作家群"的崛起,有诸多历史与文化的机缘,更与西北大学文学学科的学术传统与办学理念密不可分。近一个世纪以来,西北大学文学学科一直倡导教师理论研究与创作实践"两条腿"走路,以理论提升创作,用创作拓展理论,形成了文思并重的学统,产生了一大批理论与创作方面成绩斐然的学者。如郝御风(笔名泠若)教授是朱自清先生的高足,当年在清华读书时就与曹禺、吴组缃并称"清华三诗人",他也是贾平凹、和谷、丁耶、李满江等众多作家的导师;刘持生教授是胡小石先生的得意门生,他的《持庵诗》完全可以和夏承焘、程千帆、聂绀弩等人创作的古典诗词相媲美;董丁诚(笔名千里青)教授利用工作之余写出以《紫藤园夜话》为代表的一批作品,其浓郁的文化底蕴、强烈的人文情愫和生动的形人绘事风格,感染力强,别具一格,被誉为文化散文的代表作。还有刘建军、张华、费秉勋、赵俊贤、冯有源等教授,数十年来从事小说、散文及随笔写作,笔耕不辍,成就斐然。目前坚守在教学一线的李浩、杨乐生、刘炜评、周燕芬、谷鹏飞等亦是活跃在陕西文艺批评和文艺创作战线上的尖兵。如李浩教授不仅是目前唐代文学研究领域中的佼佼者,在教学之余勤于写作,连续推出《怅望古今》《行云看水》《马驹》等文学系列丛书,显示出了过人的写作才华。这种文思并重的学统,奠定了西北大学文学教育的特质与基调,形成了理论与创作互进的人才培养思路,使西大的人文传统薪火相传,绵延不绝。

　　为了延续这一传统,我们从20世纪80年代以来,定期举办"文苑华章"、"黑美人"艺术节、"抒雁杯"青春诗会暨"诗性印痕"版画联展,以诗歌、戏剧、书法、绘画和演讲等丰富多彩的教学实践活动为平台,以培养德才兼备、通专结合、知能并重、守正创新的人文学科通识型大学生为要务,在文苑的殿堂里汇聚起青春岁月的华彩乐章。

　　特别是2013年以来,我们积极响应陕西"文化自信""文化强省"战略,成功恢复举办"作家班",成为新时期推进西北大学文学专业特色教育的又一重大举措。2013年,时任陕西省委书记的赵正永同志鉴于陕西当代文学的发展现状和西北大学举办"作家班"的成功经验,在给"陕西社情民意"答复的批文中,建议西北大学恢复"作家班"办学,为陕西文艺培养后备人才。因此，我院立即着手制定恢复"作家班"办学方案，制定培养计划。恢复后的作家班分本科、硕士、高级研修班三个办学层次。每期高级研修班选拔省内外创作成绩显著的中青年作家15人进行为期一月的创作培训。2015年至今，已连续举办两届高级研修班，先后邀请阎晶明、高建群、红柯、李浩、李国平、穆涛等著名作家和学者现场授课。高研班的教学紧紧围绕文学创作，以名作家讲座、导师一对一指导、专题讨论等多种方式进行，教学内容丰富、形式灵活多样，对学员的创作素养、创作技巧和创作灵感进行综合提升。学员学习氛围积极而热烈，授课讲座和研习讨论的文字记录超过20万字。高质量的教学，开阔了学员的文学视野、提升了学员的写作境界。《人民日报》《光明日报》《中国社会科学报》《陕西日报》、人民网、新浪网、搜狐网等多家媒体进行了全面报道，引起了强烈的社会反响。这些中青年作家在大学的校园汇聚一堂，不仅聆听到专家学者的专业课程，也通过文学沙龙、诗歌朗诵会和演讲，深度介入校园文化活动，为文学院的文学创作注入了前沿的思想和新鲜的力量。

同时，我们还增设"创意写作"专业，拓展本科教学新领域。自2012年起，我院在全国高校本科教学培养中具有前瞻性地开设了创意写作专业，这是目前西部高校中唯一一家实施创意写作高端人才培养的单位。我们的基本培养目标是，培养能够具有各种文体写作技巧，拥有较高艺术素养和创新精神，能够承担文化创意、影视制作、出版发行、广告宣传、演艺娱乐、文化会展、数字动漫等文化产业界创造性核心工作的创意写作人才或自由写作者。

《论语》中有一句名言："学而时习之，不亦乐乎！"这里的"习"就是演习、实习的意思。学习就要既"学"且"习"，把理论知识与实践体验结合起来，把知识转化为行动。多年来，西北大学文学院把专业教学的拓展、第二课堂的实践创新和作家班的传承与建设结合起来，以"黑美人"艺术节、文苑华章系列活动、"抒雁杯"青春诗会暨"诗性的印痕"诗歌版画联展为载体，以审美文化为引领，以文化实践为载体，将学生思想政治教育、审美文化教育和素质教育熔于一炉，多渠道地构建中文、影视各学科实践教学的有效路径，形成了专业教师、学生、辅导员、社会共同参与的"四位一体"人才培养模式，取得了可喜成绩。

这次《文苑华章》学生优秀作品选的编撰,既是我们对传统的庚续和致敬,也是对文学院近年来在实践教学探索方面的一次全面检阅。该书分为诗歌卷、散文卷、小说卷和戏剧卷等四部分,萃取了近年来在青春诗会、"黑美人"艺术节、文苑华章等活动中涌现出来的优秀作品。其中小说卷和散文卷来自以创意写作专业学生为主体的各类创作实践活动,诗歌卷是"抒雁杯"青春诗会历届获奖作品的精编,戏剧卷是"黑美人"艺术节优秀作品的汇选,后者特别遴选了一些早期的作品,以展现"黑美人"艺术节悠久的历史传统。当然,这些作品既是丰富的校园文化活动中涌现出的佳作,也是广大师生日常教学与学习厚积薄发的结果。

著名作家迟子建曾回忆说,在西大的求学经历,对其写作的影响是巨大的,"老师们课堂上的精彩讲述,同学们课下的自由交流,古城春时的风沙和秋时的明月,都深深印在我的脑海中"。一样的春风秋月一样的城,一样的三尺讲台,但永远有不一样的诗章磅礴而出。这本作品选里的每一篇文章都是教师、学生与西北大学这片文学沃土相互碰撞的火花。对于所有作者来说,"文苑华章"应是人生中一次重要的相聚和虔诚的出发,或许下一个雷抒雁,下一个贾平凹或迟子建就在我们当中。乐章已经奏响,序曲之后,精彩会接踵而至。

段建军

2016 年 12 月 15 日

CONTENTS 目录

文思并重立基调，薪火相传奏华章 1

2010 级

贾 星	出卖	3
	段落	4
	火车	5
	爬山	6
	前一夜	7
	失忆	8
	完美的下午	9
	小干	10
	心情	11
	雪地上的太阳	12
	雪夜	13
	夜思	14
	织布	15
	紫藤园	17
谭莹莹	留恋在哪儿	18
岳词华	致夜空中的蓝月亮	19

2011 级

陈小溪	老屋	23
胡 蔚	流浪	24
吴 昊	我看到阳光落在你的睫毛	26
吴玄利	贫穷的脸	27

1

| 赵 莹 | 追路 | 28 |

2012 级

陈筱澜	一个人去敦煌	31
樊佳玥	流浪狗	35
	树与藤	36
高予欣	最后的伊甸园	37
龚子琪	苍凉歌	39
韩 越	妈妈	44
刘国庆	葵	45
	恋	47
施 鸽	冰山之火	48
	你什么都没有说	50
田雪菲	月光	51
王佩轲	爸爸,你的儿子在雾中回家	52
	白蝴蝶	54
	抱雪的西北方	55
	侧影	56
	父亲的抱怨	57
	红盖头酒馆	58
	收音机没有关	60
	偷火	61
王玮玮	困	62
王煜涛	夜	63
朱 遥	病中书	64
	除夕	66
	大扁山上	67
	当我们谈论雨时我们在谈论什么	68
	光景	69
	画家	70

	极度失眠	71
	脚下	72
	绿海子	73
	老人	75
	我的身体	76
	一首诗	78

2013 级

白若凡	沉没	81
包诗雨	关于时间	82
蔡卫婷	旱	83
蔡一璇	苗约	85
成丹彤	天一下雪，世界就老了	87
	生命	89
韩 莹	回首·前行	91
李鹏飞	梦寻江南	93
	想我	95
	小草	97
	上坟	99
李强妮	我是只志向高远的狗	101
李 笑	囚	102
刘倩瑶	南方有嘉木	103
	水田歌	105
刘之栋	匆匆	106
	金色的白杨	107
	往者不谏	108
鲁冰清	通往秘密王国	109
聂 萌	回家	110
潘仕龙	白色的海	112
	她	114

谭海金	不远的远方	115
王 洁	角落	116
席继东	断腿乞丐	118
徐 畅	冬日	119
	烧纸	120
	飞	122
闫 茗	术	124
赵海涛	床沿	126
	雨后	127
钟佳宁	贪吃	128
周洲舟	Linda Rose	129

2014 级

陈 星	自杀	135
代倩倩	隔阂	136
邓光玥	旧	137
范旭颖	缘灭	139
姜锦锦	慢	141
李 炯	妈妈	143
刘佳辰	他是	145
刘奕阳	陨落	147
罗雪莲	我看见湿透的鱼	149
马雪翎	鲤	150
王梓童	时间的遗书	151
吴锐凡	雾	153
杨林子	洪水	154
张 玮	冰箱	156

2015 级

| 陈玉玺 | 梦中行人 | 161 |

陈月颜	独白	162
高星宇	海妖群	164
黄文洁	蓝	165
李梦婷	在雾里	166
李　杨	悬崖边的种子	168
孙孟然	情人	170
王可丽	双子星座	171
杨银环	藏	173
朱美伊	画中的花园	174

研究生诗选

郭　静	灯火	179
	工地上的女人	180
	情诗一种	181
	弱女子	182
	十二月路灯	184
	王	185
	想念泥土	186
	新诗印象	189
	须是如此	193
	一个夜	195
	印象	196
郭明乐	河畔的爱	197
谢　榕	复制生活	199
	来不及叙述的春天	200
	四月的情书	201
	我连孤独也不曾占有	202
	一条河流过身体	203
	一些终会走失的日子	204
闫赵玉	卢舍那	205

　　　　　我的掌心开出一朵花…………………………………… 207

教师诗选

陈然兴　白鸟……………………………………………………… 213
高字民　深井与回声……………………………………………… 215
　　　　美人鱼…………………………………………………… 217
　　　　诺言……………………………………………………… 218
　　　　游侠……………………………………………………… 219
　　　　向阳……………………………………………………… 221
刘炜评　春歌……………………………………………………… 222
　　　　双刃剑…………………………………………………… 223
　　　　瀛湖作…………………………………………………… 224
　　　　落红……………………………………………………… 225
　　　　我诅咒这个早晨………………………………………… 226
邱　晓　护城河…………………………………………………… 228
　　　　鹊巢……………………………………………………… 230
　　　　壶口瀑布………………………………………………… 231
　　　　龙门……………………………………………………… 232
　　　　一年里的最后一天……………………………………… 233
尚　斌　华灯初上………………………………………………… 235
　　　　贵念与浮音……………………………………………… 236
　　　　希风亭…………………………………………………… 237
　　　　母羊……………………………………………………… 239
　　　　妄想留宿一九九六年武功雨夜………………………… 240
王　滔　父与子(组诗)…………………………………………… 242
杨遇青　我是一片穿越荒凉的风………………………………… 245
　　　　我祈求拉斯维加斯的蝴蝶……………………………… 247
　　　　我不是一个诗人………………………………………… 249
赵　涛　胭脂扣…………………………………………………… 250
　　　　美的相遇………………………………………………… 252

在雨中…………………………………………………………253
雨夜……………………………………………………………254
无题……………………………………………………………255

编后记…………………………………………………………256

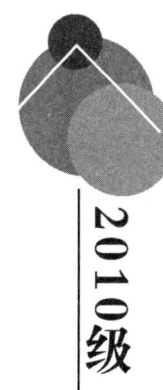

2010级

贾星

男,1992年生,陕西临潼人,2010级汉语言文学专业,"我们"诗社成员。2009年开始陆续有作品发表在《飞天》《山东文学》等报刊。

出卖

我们曾一起度过的所有日子
都过于短暂
而分别太过漫长
但我永远难忘
一次又一次的分别时刻
你的眼神和呼吸
怎样出卖你
从不提及的温柔

段落

最后一天清晨,几声清脆的吆喝
把我从觉中拉醒。
多像,多像。
一千公里外的另一处,
完全不同的方言。
清晨,即将离开。
我根本不知道这吆喝是什么,
但我确定我听到了时空另一端的声音。

火车

又是一个隧道,
我们像在谁的身体里穿行,谁的?
进入隧道的时候,声音
在铁轨和洞壁之间格外热烈。
又是一个夜晚,
像许多夜晚一样——昨天、明天,
只有不同的人,不同的想念。
人们早已闭口不谈的事情,突然响起,
回答:像远方,像理想。

爬山

喜欢爬山,她含着满口温柔,
五年前吧,我记得。
五年后我一个人在南方
享受从没见过的山,许多山,
似乎都在提醒:
要站在多高的地方,
才足够看清一个人的悲伤?
山上有树,林间有风。
对于风景,草木和石头。

前一夜

随着白天的完结
他跟随太阳
走进黑夜
彻底进入这世界永恒的另一半

每年这时的风
总有些不通情理地狂躁
也是那里的鸟儿
趁机找寻新的栖落
年复一年鸟儿丢了一只又一只

哀乐偷袭生活的耳孔
远远近近的人
并不因此停止旋转
最悲伤的
也是如此

失忆

很多年
我已经忘了
点一盏灯
夜里
和光明擦肩而过

硕大的房屋
正在转向
衣服在摇摆
这些各种颜色的旗子

我忘了啊
屋檐下
到底是怎样
活着

完美的下午

音乐响起
你的指敲向玻璃
我们有不同的心事
眼中是相似的忧郁
并不是我们想要的下午
但时空安放这里
空对褶皱的气氛
阳光并不用力

过去已经过去
屋子滑落路边的人群
这不是完美的下午
这是真实的下午

小干

这里的雨很快到来,
和北方的凌厉一样;
又很快离开,
和北方的拖沓不一样。
这里的雨会从山上流下去,
血液经过我的脉管,我流到这里。

十一月,桂花熏开山的呼吸,
我住进来。
长安的诱惑里没有,秦岭背面绞灭想象。
那里空气指摘人们的个性,
老马气喘吁吁,不胜绵力。
或许日后地图会作为死亡的导游,穿过
一片落叶,蝉翼薄凉。

因为热爱,所以不敢奉承,所以
被抛弃。

一场来不及掩饰的雨里,
故乡,在笔下遁走。

心情

云从很远的地方飘来
山坡晒得晃眼
身体之外都在发白
咄咄逼人的白

晴天或阴天
不过是云的心情

雪地上的太阳

我想和你拥有一个冬天的下午
大雪初霁,阳光温暖
臃肿的衣服盛裹火热的身体在雪上煮
我们什么也不用做

在雪地上晒太阳是许多人能想到的浪费
我不会,我已经浪费了更多的生命在此之外
现在是我能想到为数极少的不浪费之一
雪还来不及融化,太阳可以给我们多一些光和热
也可以对我们视而不见
这不会产生额外的影响
我需要,但不必要

晒太阳的时候什么也不想
我们分掉一只苹果
任何我们能共享的
都将是幸福的
在雪地上,在太阳下

雪夜

风吹皱夜晚的村庄
白色手掌探进地面的伤口
采走一些沉睡的果实。
房屋消失,绽出一座座岛屿
在荧光河上漂荡。
河流拥挤,反射幽远的光
把岸聚成丘陵里的海洋。
远行的船还没靠岸
几块漂浮的木板拼凑了旅人的脚步。
楝树缓缓落下它们
萎缩的眼睛
看见天边一朵
等待开放的梦。

夜思

放下身姿
在群山和树林中
成一颗露珠
谨小慎微地表达情意

北来的风吹断月光
树叶放低声
总是不可告人
它们的世界
你插不进一句

磷火升起
露珠滴下
声音太浅
表达太弱
草叶轻轻
一晃

更深的秘密
隐藏在树的另一面

织布

有人在婴儿的头上点了一个吻
梭子开始飞行
两手之间
一片云在成形

半生的步子
跨上织布机
这许多年前的老物件
找到了旧伴
上一回还是十几年前

她双脚灵活地踩着
一梭线很快用完
没有继续
从舞台上走下
她的汗开始渗出
额头、鼻翼

她是兄弟姐妹中最厉害的角色
结婚前几乎就是一家之主
但她不可能再像大姑娘
凭借这样的本领找到好婆家
也不是新媳妇
一登台一露手赢得满堂彩

现在的表演只是表演
表演给成年的儿子
表演给年迈的母亲
像是要证明什么
擦汗的时候手里并没有橡皮
织就的云里没有雨滴
能够证明的事情无需证明

紫藤园

我的表演你的沉默
天空和草地和
爬满石柱的青藤
都是现实的一种

绿色的湖和紫色的溪流
它们安静而柔软
我还是学不会你说的那种谈吐
仿佛广场鸽群中殷切
等待起飞的自卑者

优雅的春天
更像一块断崖边危险的石头
站在你面前
春光啃咬着我——
也是现实的一种

谭莹莹

女,1990年生,2010级汉语言文学专业学生。

留恋在哪儿

如一粒埃尘
卑微地挤在城市的缝隙
似一束细草
虔诚地立在灯光的角落

谁说世界是荒凉的?
荒原遍布野性的生机
夜溢满沸腾的热情

从此,天地是自由的形体
　　　自由是天地的哀伤
光线飞向哪里
　　　哪儿便有尘的狂舞
隙穴流向哪里
　　　哪儿即有草的静默

岳词华

男，己巳年腊月生，荆楚武陵人，2010级戏剧影视文学专业。游学长安，爱好文学，于诗词创作多有尝试，且常以此自娱。诗，来源于生活，而又高于生活；诗意，潜藏在每个人的心里。写诗不仅能改变自己、净化心灵，更是能观照自我、对话人生；因为诗的国土，生活与灵魂间有了互通桥梁，生命与情绪间有了心灵皈依。写诗，是文字之美，是语言之美，是意境之美；写诗，是认知之美，是情感之美，是思想之美！

致夜空中的蓝月亮

告别太阳的盛情，
夜空在风的韵律中宁静。
携手点点繁星，
守候你的降临，
共赴梦想的蓝色约定。

沐浴着夜色的静谧，
把握最美的星季，
你洒下一尘不染的清辉。
众人抬头凝息，
黑暗中有了灯塔的不懈动力。

不期而遇的闪耀群星，
浸入夜空的蓝色分外轻盈，
必是经过洗礼的蓝色精灵。

寒却命运的幻影，
演绎出万物的亮丽清新。

风裙若隐若现地着身，
祥云升腾，
众星的映衬，
续写浪漫的光辉旅程！
蓝色的月圣洁的光，
神秘而浪漫。
漫步于夜空上苍，
辉映远方的梦想。

书写夜空的蓝精灵，
散发清幽光芒的蓝月亮，
陶醉于你的灵韵洒脱，
温暖了逐梦的色芒。
不管前方黎明有多远，
你蓝色洁净的指引，
是我一生的守望！

2011级

陈小溪

女,1991年生,陕西杨凌人,2011级汉语言文学专业。我是一个很容易崇拜的人,崇拜那些能将片刻心事化成文字的人,崇拜那些将文墨玩得团团转,将不可言说的细腻准确地刻画出来的人。只因我懊恼自己不是这样的人。幸亏,作文课上讲到了"诗"。在我看来,诗就是一种雾里看花的奇妙文体,它的精妙只可意会,一旦试图诠释,就抹杀了每一个读者心中独特的共鸣。它可以及时地记录瞬间感受,也可以不必暴露太多硬伤,是直抒胸臆,也是酣畅淋漓。

老屋

吞吐着早出晚归的农人
老屋在夕阳下无声叹息
炊烟一缕
与晚霞相拥而泣

*第一届"抒雁杯"青春诗会优秀作品奖获奖作品。

胡蔚

女,1993年生,湖南益阳人,2011级汉语言文学专业。辛波丝卡说"我偏爱写诗的荒谬／胜过不写诗的荒谬。"于我而言,写诗就像是把那个最隐秘的自己像捉迷藏似的展露于人前。以这种方式,我寻找我灵魂九曲连环的入口。

流浪

随着风的方向
奔跑
没有止境
似单行道的跳蚤
独自皈依自己的宗教
似蒲公英的种子
注定散落天涯
似万年前的星光
跋涉过邈远只为射入你眼帘
似水波里的倒影
触摸着蛰伏已久的灵魂

流浪,是我的宿命
眼里只剩夸父炽热的奔跑
后羿葬日的决绝
我只是喑哑的古井
唱着无人闻讯的歌谣

追着风的方向
奔跑
永不停息

＊第一届"抒雁杯"青春诗会优秀作品奖获奖作品。

吴昊

　　男,1993年生,陕西咸阳人,2011级戏剧影视文学专业。把心情\用带着淡淡茶香的文字\书写成秘密\有时只是读阳光有感\有时只是怀念一场雨\一种绿\这一行行\被他们嘲笑太文艺\所谓的诗句\大概是我这一生\唯一\准备带进坟墓的东西

我看到阳光落在你的睫毛

风很安静　不打扰　午睡的步道
你站在正前方　点头微笑　跟我问好
如玻璃弹珠般掉落的玩笑
在麦田里　悄悄　测量身高
沿着风向标　一路发酵　蔓延着你的微笑

于是　琥珀色小米酒的味道
带着木屑的馥郁　在风中舞蹈
我看到　你醉成一弯的嘴角
熟透的弧度　刚好

吴玄利

女，山西原平人，2011级汉语言文学专业。诗歌就是说话，说真实的话，简单地说话，我喜欢写诗，因为可以这样说话。

贫穷的脸

他的脸只剩下
五官还在勉强周旋
岁月爬过的脚印太密
口袋里留下的却太少

果实永远比胃
收缩得更快

他的四季只在烤串摊上
打转……
而贫穷
却一如往昔地
是颗黑痣
活在脸上

* 第一届"抒雁杯"青春诗会优秀作品奖入围作品。

赵莹

女,陕西白水人,2011级汉语言文学专业。心之所想,心之所向,一花一世界,万物皆是情。与诗为伴,行走天涯,相遇、相识、相知,与诗为友,感念生活。

追路

水泥马路宽阔笔直
灰青色的长条
直直地伸到眼睛望不到的尽头
平坦冰凉的身躯上
各色的鞋底奏出神奇的交响乐
我多想跟着他
走到尽头

我用热情的双手触摸他平坦冰凉的身躯
我用炽热的眼神追逐他无法望尽的灰青
然而,我却无法踏足其上
我的双眼蓄满泪水
眼泪代替双脚
跟着他
直到世界的尽头

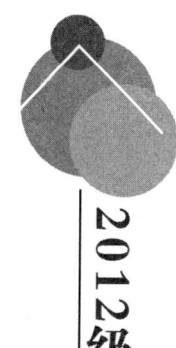

2012级

陈筱澜

女，1994年生，广西南宁人，2012级汉语言文学（创意写作）专业。"对于我来说，诗歌的美与魅力在于它的朦胧意境和韵律。相比之下，我更偏爱古诗，每一个字词都像是经过精心雕琢的翡翠，而诗人是最得心应手的匠人。世间万物如一块璞玉，而我，尝试着去做一个细细雕磨的匠人。"

一个人去敦煌

1

那列火车的尽头是黄沙
那队骆驼的足迹走过了风华
那朵野花的生命追赶着太阳
那把风不知疲惫地跑向远方
当我向东方时，你向西方
你是否做过一个关于飞天的梦
也许梦醒你会知道
脚下这方土地，才叫敦煌

2

天很远
又好像很近
夜色将黄昏都吞食干净
才听得到

鸣沙山与月牙泉依偎着交换的耳语
我似乎挂在天边
又似乎卧在地底
谁的脚步一声声踩在胸膛上
响起喧嚣的共鸣
有一头小骆驼在银河边饮水
搅起的浪花滴入我的眼睛
我才明白
原来我那么真实地
曾停留在这里

3

往西往西再往西
颠簸着、颓唐着走进大漠曲折的心底
碎石随着飞沙砸向我的脸颊
又在咫尺坠落化为无尽
那奋不顾身的舞蹈
像飞天翩跹时懵懂的禅意
这个世间纷纷杂杂
留不下给游吟者的一席之地
当所有的飞天都回归凡人
在我身边来来去去
可我依然,只有我一个人
仅此而已

4

有一滴泪
忽然地,流进我的眼睛

沙山的那头
有一片低沉的云正渐行渐远
阳光哀愁地洒落下来
却又在这些孤独的洞窟前戛然止步
我独自站在阴影里
胡杨与白桦交叠的阴影
有一些足够鲜艳的色彩都已经被岁月消磨殆尽
只留给我这么一块单薄的阴影
凡间依旧碌碌，人世早已沧桑
我在此刻抬起头时
眼窝正好接住那颗千年前从菩萨脸上滑落的泪滴
她空举着拈花的手
像在哭，又像在笑

5

遥远的风声
穿过叮当作响的驼铃
顺势将那最后一抹残阳也带走
落入交错的雅丹怀抱里
胡姬的舞蹈好像就在眼前
旋转的流光眼眸
摇落天边的星辰
去年的雁是否该归来了
我曾经目送着它飞远
飞过那最后一株弯了腰的胡杨
石头也被风吹走　再也不是当初的石头
所幸当我在漫长的旅途上回头时
夕阳依旧　还温暖地看着世间所有

6

流霞　流向远方
归雁　归来重阳
你随着那缕风沙
走过风声鹤唳的春秋冬夏
而我登上关外矮矮的女墙
月光还像当年冰河铁马纵横时一般清狂
长风啊　长风吹散了汉唐
剩下这也已经被吹散了的长城
匍匐在浸满漠色的天涯
谁倚着胡杨 吹奏胡笳 弹唱敦煌
我就在这里啊 你还要去哪
把我遗忘在这连长城都延伸不到的岁月里
独品一粒黄沙
什么时候　会有路过的佛陀
能带我深深浅浅地走去今生与来世的岔口
然后换一身衣衫
又是一夜胡羌

樊佳玥

女,1994年生,陕西西安人,2012级汉语言文学专业。喜欢植物,不喜欢昆虫,除了飞蛾萤火虫;喜欢阴天,不喜欢下雨,因为潮湿不开心;喜欢做饭,不喜欢洗碗,油可以有,腻受不了;喜欢读诗,不喜欢看报,前如初恋,后似相亲。

流浪狗

我是一只踉跄在街边的狗
只因跌倒在你的脚边
才使一场灾难　最终
成为幸运

不要抱怨我总在你的门口
徘徊、彳亍
你怎会知道
一只被顽童击伤过的流浪狗
面对人类的温暖时
那纠结的惊喜
与怯懦

树与藤

我为一只鸟儿而来
却在蓦然回首中
寻觅到一缕涩萝的妙曼

可在你眼中
一棵橡树和一棵白桦
都是树
只是树

希望
宁愿
窃喜
挡住来来往往的风
渗下丝丝缕缕的雨
让你 静静地开放

直至枯枝穿腹
心安　心甘

高予欣

女,1994年生,甘肃兰州人,2012级汉语国际教育专业,喜欢阅读,喜欢旅行,喜欢体验文化的碰撞,喜欢寻找不一样风景,有时,却又喜欢一个人静静地听雨品茗。有灵感时,喜欢用文字勾画出自己心中的风景,这幅画,便是诗。

最后的伊甸园

在现在的地球上,
仍有一些地方,
像静谧,美丽的天堂。
它们就是最后的净土一方,
人间最后的伊甸园。

在英格兰湖区优美的湖畔旁,
波特小姐快乐地描绘着彼得兔和他的家乡;
若泛舟在旖旎迷人的挪威海岸上,
也许你会看见那神话般的冰山就矗立在太阳升起的
  地方;
普罗旺斯,薰衣草之乡,或是,紫色的天堂?
克里特岛,被蔚蓝色的海水精灵所环绕;
新西兰的皇后镇,是落入凡间的宝石吗?

在被现代化城市包围着的我们,
总在梦里看见这些净化心灵的地方。
它们,

是这世上,
最后的伊甸园。

*第一届"抒雁杯"青春诗会优秀作品奖入围作品。

龚子琪

男,陕西安康人,西北大学文学院2012级汉语言文学(创意写作)专业。业余写作爱好者,热爱读书,对于各类书籍均有涉及,尤爱阅读诗歌、哲学与推理小说,兴趣广泛,热爱电影动漫美剧日剧英剧等各种影视。生性懒散,不爱动笔,故笔下成型的佳作寥寥无几,多是随笔、练笔。笔名无数,随心而取。有时既热衷于幻想与创意,有时又醉心于逻辑与推理。看似分裂,但于此中自得其乐,足已。

苍凉歌

1. 亡命

西北苍凉　千古桑田
炎黄氏族的图腾随风而逝
轩辕的战歌在天空飘荡
呼唤血脉的觉醒
熟睡的浪子听到了血流奔腾的声音
从没有过的怒从心头升起
拔刀　杀死了明天
留下尸首　无人认领
从此　开始亡命
自南往北　由死向生

2. 进酒

有朋自远方来
不亦乐乎
从江南带来的梅子酒水土不服变了味
酿藏百年的竹叶青敌不过一杯青稞
苍凉的人爱喝苍凉的酒
人烈　酒烈　西风烈
带着醉意的黄土高原
喝下穿肠的黄河
在今夜　与你我一醉方休

朋友　在这无声的狂欢中
我仗剑击缶　为你进酒
酒中有我的善意
祝你幸福
当你离开时
我将把满城桃花斩尽
为你进酒
酒中有我的友情
祝你幸福

3. 斩马

大雨倾城　洗去尘埃
掩埋的古战场露出峥嵘
尸山尸海　铁甲依然
一柄寂寞的斩马刀站在那里
无人殓
锈迹斑斑　挡不住刀的杀气

盛世朝歌　抹不掉刀的血性

那是谁的斩马？
又是谁的过去？
是王的英武　是秦的荣光
我愿用我的头骨
盛一抔黄土
祭祀长天　握住斩马
再次敲响战鼓
伴着古老的信天游
重燃大秦的血性
揭竿再起
千军万马　杀往江南

4. 小花

西风凛冽　凋杀万物
唯有一朵小花茁壮成长
那是一朵应生在江南的花
柔弱　恬静
温婉　唯美
她是天生的公主
却生在了不解风情的漠北

一朵小花
一朵坚强的花
她在风雨中舞动
她在恶土上生活
她的美在漫天狂沙中绽放
冷漠如铁的漠北最终爱上了

这朵小花

她成了荒芜土地上的唯一公主
西风护佑她的梦境
黄土守卫她的家园
烈日为她痴迷　暴雨为她洗尘
大西北所有的温柔给了她
只求伊人一笑

那是一朵小花
不是善之花　不是恶之花
她只是一朵
生命之花

5. 丫头

我想叫你丫头
因为在我眼中　你就是野丫头
你的野来自你的家乡
那广阔无垠的大西北
我们相遇的地方

你说　你不喜欢西北
风萧萧兮夜漫漫
不似江南好
我说　我喜欢这里
它热情豪迈　血性阳刚
是每个男人梦寐以求的归宿
但我从未对你说过
更重要的原因是

你在这里
你才是我的归宿

西北苍凉　野丫头多
这里是你的家乡　你的家
无论喜欢与否
你离不开它
所以　我不去远方写诗
只愿　在这里等你

那年那天
我于此地遇见你
从此西北胜江南

韩越

女,1994年生,辽宁沈阳人,2012级汉语言文学(创意写作)专业。最上乘的诗总能将自然与人的美好用最简洁,最有余韵的话语来传达,我喜欢这种天使的诗。至于魔鬼的,也不是不好,只是那强烈的情感迸发只能让我一时咬牙。

妈妈

想起了我的妈妈
像冬日里飘散的雪花
用善良的真去换亲情的假

留下了我和爸爸
静静数干枯的枝杈
等待你跟我们回春天的家

冬天在发自己的芽
雪花只能将自己融化
我用双手保护你啊
却拉不住你落下
是我只是一个娃娃
但也早已不情愿地长大
我的家里有你和爸爸
你的家却没有我和他

刘国庆

男,湖南醴陵人,中共党员,2012级汉语言文学专业。以专业课程和综合测评年级双第一的成绩推免至南开大学文学院中国现当代文学专业。平生愿用诗歌,对抗这越发不美好的世界。

葵

我是那片无垠原野上的守望者
是闪电
是雷鸣
还有那风雨的迎接者

我也是那块燥裂土地上的守护者
是蝴蝶
是蜜蜂
还有那鸟兽的欣赏者

如果说
我愿意

我想
面朝太阳生长
做一株温暖的
葵

不卑不亢
清澈生活

＊第二届"抒雁杯"青春诗会优秀作品奖获奖作品。

恋

我怀念
我们在
一辆车上
的情景

不论是
摩托车
还是汽车
我们总是
如影随形
寸步不离

真的
我们两个人
一辆车
就够了

多一辆车
就多一些距离

施鸽

女,1994年生,陕西西安人,2012级汉语言文学(创意写作)专业。爱好:阅读,写作,烘焙,躺着什么也不干;喜欢的诗人:海子,顾城,朱大可,博尔赫斯;擅长的文体:话剧,诗歌,小说;对诗的理解:孤独者半梦半醒之间枕边的草纸;个人创作成绩:偶尔冒尖,通常平庸。话剧诗歌小说均获大小奖项一次,背负着"只有第一次能获奖"的诅咒之人。

冰山之火

我是海中那一团肆意燃烧的野火
孤独畏惧我的狂热
星辰在我的怀中融化
一些化为灰尘,一些化为水
是的,我是一团肆意燃烧的野火
在漆黑的底色中
我是尖叫,是沸腾
我是安静,是寂寞
我是你能看穿却看不透
触手可及却心怀忌惮的
疯狂的红色
是的,我是一团肆意燃烧的野火
在你焦黑的双眼中
在你心脏的角落里高歌
我唱且跳
在你的血液中四处漂泊

你注定无法掌握我
是的我是一团肆意燃烧的野火
海风将星辰的粉末吹向你,将你似有似无的叹息带给我
你是该悲伤,我为你悲伤
水下深处
是你不曾看见也想象不到的
真正的我

*第一届"抒雁杯"青春诗会优秀作品奖获奖作品。

你什么都没有说

你无垢的眼
是我梦里清澈的河
摇晃着疲惫的我
到村子北边的坡
旷野里播种会收获村庄
你却能让我开出花朵
你看着我
你什么都没有说

雪地里下雪融化了山坡
大风里唱歌叫醒了小河
我应当在故事之中沉睡
披着铠甲在我的边疆巡逻
你哼着歌
你什么都没有说

我的村庄里只有沉默
你的口袋里装满柔波
禾苗在火焰里疯长
稻谷被染成了红色
你闭着眼
你什么都没有说

田雪菲

女,1993年生,陕西汉中人,2012级汉语言文学专业,喜爱旅行、电影、读书等。对诗的理解:诗是情感的零碎化和片段化,也是最自由的思想表达。"古池塘,水清响",意象是诗美的印证,喜欢细腻、短小、深情的意象派诗歌。

月光

从窗外扑来,
一记雪掌,
将我轻轻拍醒。
我睁开眼,
四处寻觅,
它已退出丈外。
无辜的样子,
似我将它惊扰。
我无奈垂头,
却惊喜地发现,
十指早已种满月光。

* 第二届"抒雁杯"青春诗会优秀作品奖入围作品。

王佩轲

男,1994年生,陕西旬邑人,2012级汉语言文学专业,"我们"诗社成员。2014年开始习诗,曾获第一届"全球华语短诗大赛"新人奖。认为诗意充斥于任一文体与艺术之中,而诗歌是其中最为"矫情"的一种,以分行的形式天然索取着更多的投入。

爸爸,你的儿子在雾中回家

我们将在医院相逢
你拿着合疗,我握着病历
人群中无言,请收下这离你
二十年远去的皮骨

一棵笔直的大树
横放在眼前,爸爸
他在乱石交错的地界
摔伤了自己,黑暗中
他看见自己的影子
与光同在

我们的车正别过风雨
低飞的鸟群到我的心头再折回
太久的伤痛了啊
谁抱得住它的消沉?

寒意从脊柱升起

我的后背一片潮湿

爸爸,你把他送走
他又自己回来了
他把你受伤的儿子带回来了
瞧瞧他脸上的雾气多么湿重
落在你的手臂——那从
佝偻的躯体抽出的枝杈
和绿色的床单上

他可像你二十年前
乡村电影散场后回家
抱起的那个多出的孩子
你流泪了,你已老迈
请把你的妻子叫来
一起照看

白蝴蝶

是谁把你抛向我？没有答案
掏出我红色的堆积，清洗
你飞走，没有一棵寒树拢住

"斑马，斑马"
舞台上你自弹自唱
白色的裙带飘飘若飞

我有沉重肉身的黑暗
不能像一只蝴蝶那样　轻易
归入虚无

抱雪的西北方

春天,就连春天
都在欺骗着我
让我忽略,让我忘记
那边还是冬天,还有雪下
还有雪铺盖着那个
留着一盏灯,等待还乡人
的村庄

妈妈,此刻我坐在去上海的车上
被悲伤凝住
那纷扬的雪和弥漫蒸腾的饭香
是我不可召回的过去
和无从弥补的缺

侧影

很久不见面,见时却呛火
互生闷气,抛出冷言冷语
或在心里生硬着说我可不在乎
她不像那么好
她有什么毛病我都知道
也有人对我好,比她还好
看来放弃她
也不艰难

可看她红着脸转过去
坐在那里一声不吭,我就想哭
看到她虚拢的头发,像看到她所有
深藏的苦衷,我想拼命
吻她的脖颈

父亲的抱怨

父亲在太阳下劈柴
两只杂种狗
叽叽汪汪地
对着父亲嘶吠
它们以为听懂了父亲
心底的抱怨
而父亲起身,把它们踢远
他想趁酒后
把自己的唠叨
讲给回家的儿子听

＊第二届"抒雁杯"青春诗会校园诗歌奖获奖作品。

红盖头酒馆

少侠马鸣风萧萧
铺外的酒旗招摇
宽大的裙摆提留着,院里踱来踱去
你的手颤颤着抖,心怦怦地跳
月夜,你翻身上马
雪色闪电上你灿若桃花
姐姐,
天干物燥的梆子我敲过了
姐姐,我已无人
做伴。

白天好美,阳光下
我们的铺子一排排的
你摁我的头在水里
还一边笑话着羞羞羞
剪指甲,吹耳孔
最后就伏在你的腿上
那时我们还不到十岁
口袋也清清如水

姐姐,而今那匪徒
——与黑夜共谋
把你劫去哪里?
我在院子里踱进踱出

耳朵鸣响,如口袋鼓胀着风
我捣碎了我们的酒坛子
你会怪我吗?
姐姐,
你是要成亲了吗?
姐姐,
我想参加你的婚礼
姐姐。

收音机没有关

窗还开着
收音机没有关
门,也虚掩着
我走了
爬山虎又
蔓延了
一公分
你不在了

只是像树木那样移动
遇到每一个相似的人
都有一摊情绪涌起
又暗暗
瞧不起自己

门还开着,你会回来关掉
风也可能关掉
收音机还开着,我放心不下
我觉得有巨大的空虚
淹没着我,或许应该接着沉默
明天就丧失掉我
曾为之哭泣过的一切

偷火

一天的劳累结束了,他们从街的两头
碰到一起

纯黑的夜,荒凉洁净的夜,一如
来时之路

此刻他们坐在榕树下,双手
扣在一起

像握住金粒般微小的幸福,又如
一棵短烛,在掌中摇曳

他们凝视天空,眼帘湿润
甚至,甚至想跪下来祈祷

战战兢兢,大雪封盖了榕树
也将淹没他们的头颅

灰白,要变成全白,皱纹
好洁净雪水

一道警哨响起,二人撒开双手
遁如两只白猿

王玮玮

女,陕西西安人,2012级汉语言文学(创意写作)专业。爱好写作、文学和影视,喜欢科幻推理类文学作品。擅长小说和诗歌创作,写作风格多样化。2014年开始创作,作品《西北大学长安校区铭》收录在《第三届"抒雁杯"诗歌创作大赛优秀作品选》中。

困

那是天上的星星,
瞬间又变成虚无。
走着走着,
便忘了到了哪个星球。
张嘴,
不是因为饥饿。
流泪,
不是因为悲伤。
像杠杆撑起地球的,
用手掌撑起头颅。
一闭眼,是另一个世界。

王煜涛

男,1994年生,陕西洛川人,2012级汉语言文学(创意写作)专业。平生爱好语言文字,尤其对古诗词颇感兴趣,虽文笔拙劣,但不曾辍笔,只求寻得心中宁静,足矣。

夜

夜坐在我对面
摆出一副老人模样
想要跟我谈谈心
我克制自己不要睡去
准备聆听它的教诲

古老的歌谣缓缓而出
它用抒情的节奏感化
似乎又想让我安眠
原本困乏的我,却突然
从第二十七根神经处清醒

老人失望了,睡去了
在它眼里我不可救药
我尝试着呼吸渐散的歌谣
明明已经知道了结果
却还在无谓地寻找

朱遥

男,1993年生,贵州黔西南人,2012级汉语言文学专业。好诗歌与电影,"我们"诗社成员。认为写诗是保持诗意冲动的原初和神秘性质的一个过程,专注并乐于那些给自己生命体以最直接、最活跃的信号及力量的日常方面,乐于出入驳杂庸常的生活而仍不无诗意地言说。

病中书

壮硕的马,脚步声也壮,
萧萧的风扑杀一只雄鸡——
二十一,我幸得的筹码,
又是谁在黑夜把它偷偷交换?
此刻,我活在自己眼睛里,
仿佛太阳正用他丢失的瞳孔
再次精准地调试阳光
寻找暗角之阴影,轻轻照亮;
此刻,我无意地啼叫
若混淆那引导你向上飞翔的魔音,
我也只能说声对不起,我指望
你不要投下暗箭才好。
记忆中一片树叶落下,一场雪
倏然降下。数不清的落叶
飘向我,风吹出一个迷途的雪人
那在雪地里发烧的是什么?
我慢慢剖开细软冰冷的雪,

直到起伏的心跳告诉我
距离已不再遥远——
我凝冻的双手捧着一片心脏，
叶脉中央，殷红的吱吱发烫的声音
竟和我心的震颤完美呼应——
可我毫不犹豫地拒绝这诅咒，
离开之前把它送回雪中、亲手埋葬。
暗处，流水已渗入夜晚最深的宁静，
体温计在房间角落彻底安眠，
奈何爆棚的白细胞又暗暗叫苦？
罢了，哪怕时间将脸拉长得足够狰狞，
也吓不出我更多的悲伤，
而那仅剩的，犹如影子铺开，
覆盖在我的身上，以抵挡初冬的寒意。

除夕

再没有必要的兴奋了
只有回忆
如同灵位的安置那样准确和必然
只有烧纸、磕头
才能使翻新的愿望
给节日的庸常增添美感
祭祖之后
坐在祖先体温犹存的凳子上
开始吃年夜饭
菜都有些凉了
仿佛在这世上最后的晚餐
仿佛几天的准备和忙碌都是为了告别
再没有童年的天真了
只有无数鞭炮声
在午夜传送来自另一个世界的喊

大扁山上

这儿每天都在下雨
每天都有雨滴打在冰凉的石阶上
每一朵蔓顶的喇叭都抬不了头
大扁山就在我家背后
雨点汇成几道细瘦的河流
从山顶淌下来竟然清澈无染
可能是因为打湿的泥巴
默默抓紧着大扁山后背
我站在半山腰上暗自庆幸
一周以来,天气这样耐心
才让我有机会倾听它们各自的故事
只有一座老坟驻足在那边
孤零零的,不愿透露什么
忍受有如深藏一个天然的秘密
看样子还有几天雨要下
我打算试着和那块湿漉漉的墓碑聊聊
看看关于大扁山
我能问出些什么

当我们谈论雨时我们在谈论什么

一连几天的雨,让我不敢用伞
再给自己增添阴郁的下压力
当雨点借助春风,在脑袋上制造黑棉花糖
我的脚步终于变得有些兴奋
似乎每踢踏一下,那些被天空的嘴
用雨水唉下来的雾霾,就永无上升的机会
这仿佛是我和你谈论雨时所认为的
最大的好处,狗日的环境
让我们聊聊雨都那么缺乏浪漫
一场记忆中的雨可以包含一片潮湿的吻
一连几天的雨意味着一场可能的爱情
淋漓的探寻,或仅仅是一场终将发霉的梦
也已经足够,我想起一些羞涩的日子里
在雨中奔跑的女生,傻傻的
把自己的单衣弄湿,同时也打湿了
多少长着微髭的、荷尔蒙的玻璃瓶子
但阴郁的天气已到了无法挽回的节奏
再丰满的想象也不能将诗意填充
当你说一连几天的雨,也不过是春天
赶在清明以前所做的悲伤练习
我就朝电杆之间的乐谱望去
果然发现无数透明的音符悬挂其上
正等待着下一阵破旧的春风演奏

光 景

指尖的矜持、锁骨的冷、脚踝的精致
哦,女子,这是你的三首诗!

初升的喉结在光亮的皮肤
和汗水的浅滩下缓慢游动,在夏天

什么是隐约的? 如同模糊的老照片
但对于瞧惯数码的人来说,新鲜!

何况,那青葱岁月是缺乏习性的时光
那隐约是好奇的蜂巢,蜜蜂是美的欲望

在夏天热烈的光景里,我拆分了你的静
你整个身体只是那三首诗的词语

画家

长什么样子我已经忘记
只记得披头散发
有点秃顶
像长年摆放在画室
的那只模型骷髅头
只记得父亲曾有这样的定义：
"怪怪的,典型的布依族长相。"
家里堆放无数脸谱
那些画于木瓢上的艺术品
是他最大的喜好
结课的那天还送了我一把
那时我读小学
他是我假期的学画老师
自此不见直到今天
听说他年轻的妻子死于癌症
我还无法相信
因为关于之前两任的不幸
我早有耳闻
席间父亲再次做出了这样的定义：
"克妻相"

极度失眠

声音是大的,野心是小的
眸子是葡萄干的,睫毛是扫帚的
空气是容易走火的,想象是泥泞的
皮肤是野草皮长的,毛孔是干涸的
欲望是赤裸裸、但如秒飞逝的
头和手和脚是用无尽的疲惫敲打的铁砧做的
击出的噪音和火花却是扼杀睡意的
因此我是与黑夜对峙、一同失眠的
我的眼睛和它的眼睛是一道在睁与闭间奔走的
我的身体仿佛就是黑夜的生命灌注的
我是可以替代黑夜、笼罩整座城市的
这样的使命注定我是无眠且精疲力竭的
当黑夜消散曙光来临我爬起身仿佛我是走出了死亡的

脚下

我拔出一条条
鞋底的皱纹
抽在她背上
她从不喊疼
我们有时就叫她——
妈妈

绿海子

1

绿海子是镶嵌在高原上的一块翡翠
很少时候会遭遇风的挑拨,泛起滑行的皱纹
或者暴雨的肆虐,一时成为乌云理所应当的靶场

习惯了安静,就像它的未变的颜色——墨绿
岩溶的眼泪在夜晚一样熠熠生辉,月下
古老的化石晶莹,鱼
也凝固在水里

2

许多年过去了,翡翠只剩下浑浊的眼泪
挤在日渐裸露的山峦夹缝
再不见舟子打捞闪烁的星星
或城里驱车而来的疲惫的脸
在鱼鳞被阳光映照的一瞬
抖出天然的笑纹,与此同时黯淡的双目
将恢复源自古老祖先的敏感
呼应玉片般的光芒之后
悄然涌起了浑浊的眼泪

3

现在,绿海子真的死了
是谁用惨白的棉絮和黏稠发臭的被褥
将它捂住、令它窒息,直到现在
腐烂了?静悄悄的
一只鸦巢就悬挂在岸边不远
的歪脖树上,蓬乱的草茎与枯枝
让我想到一颗上吊者孤零的人头
和脸上模糊的表情,以及
赴死的整个过程,静悄悄的
突然的声响来自呼啸而过的摩托
座上嬉笑的五个人使延伸进小道的杂草
吓破了胆,纷纷退避,那份敏捷
不逊于钓者的喜悦。后来
在羊粪点缀的路上,爱开玩笑的大伯
对姑妈说:"你看你,又长胖了
炒菜的油都淹出碗来。"
家乡话把"淹"读作"安",多么
贴切,就像我们身边萎缩的眼泪
水不再往上淹,再后来
四下里就真的安静了下来
永远、永远……

* 第二届"抒雁杯"青春诗会校园诗歌奖获奖作品。

老人

他九十多岁了,干枯的
像一座木雕,后背
驼成了拉满的弓形
你真担心他什么时候
心脏就被射了出去,可他自己
并不是射手。不爱说话
嘴里偶尔泄露断断续续的喉音
不明所以,不再像自己甚至
不再像任何人,但却像手中的拐杖
触地的声音那样干脆、简洁,逐渐
那拄着的俨然化为一根脊柱
他的手更令人惊异
晒干的肉皮包裹瘦骨——
阳光灿烂的夏日
一棵低矮的树坐落在院子里
一对秃枝正相互摩擦着
发出哧哧的响声

* 第二届"抒雁杯"青春诗会优秀作品奖入围作品。

我的身体

你走在危险的地平线上
像一个新手
走钢丝
我怕你一个激灵
翻身坠下
那边的悬崖
从平原到平原
过渡只是
维稳者的谎言
我的谎言

意识如烈日
烤晒你战栗的影子
我被安顿在这里
（这儿有逐渐陌生的
成片的草原
这儿原先是森林）
幻想苟且
剩下的日子
可我平视的远景中
还摇晃着泪水
还有你
我的身体
成片的

草原也是
谎言
草原
从真实可感的
森林而来
烈日不仅在白天烤晒
也在夜晚
烤晒黑暗
安全仿佛
虚伪的城堡
把我包围
草原上的城堡没有夜晚

我的身体
你真的愿意打破
平原和平原的谎言
我的谎言
翻身落入
这个平衡世界的
彼端吗
现在你
我的身体
战栗着汗水走在
危险炙烫的地平线上
像极了一个
走钢丝的
新手

＊第三届"抒雁杯"青春诗会校园诗人奖获奖作品。

一首诗

不要细节
乍看是一副突兀的骨架
灰白、陈旧
不因此乏味空洞
素色的微薄光芒
黏附其上
就像切薄的肉片
隐藏了血色
透明的
不要惊讶
当你再看
不要喊
它将会散架

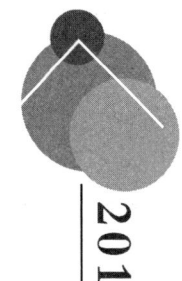

2013级

白若凡

女,1995年生,陕西延安人,2013级汉语言文学专业。喜爱一切能点亮诗意的事物,比如食物。

沉没

咽下老旧的钟声
吐在裹满蜜糖的心脏上
在四月的第三十一天
沉没
孩童们唱着歌
僧人们光着脚
沉默
在四月的第三十一天
跳进滚烫的湖泊
焦灼

包诗雨

女,1995年生,四川泸州人,2013级汉语言文学专业。爱好电影、瑜伽,最爱的诗人是李白,对于诗歌而言说教大多迂腐,诗歌在美不在教育。

关于时间

在漆黑的夜里死亡,
电灯被击碎心脏

我拿起苹果,
发现它也在死去

浓雾里的拼命奔跑,
像飞鸟一样,
可是微弱的火光,
捕捉到了那些盘曲的皱纹

我们在老去,
也在活着
抱着荆棘与玫瑰

*第四届"抒雁杯"青春诗会优秀作品三等奖获奖作品。

蔡卫婷

女,1995年生,陕西咸阳人,2013级广播电视编导专业。生于秦都,学于长安。爱好诗词,寄情光影。旧诗一类,喜好甚繁。慕太白、稼轩之豪情。"长剑一杯酒,男儿方寸心。"亦恋柳永、小山之婉转。"落花人独立,微雨燕双飞。"新诗一流,幼时好志摩等新月派诗人,而后年岁渐长,北岛、海子等作尤是倾慕。诗词创作之于我,唯"从心"二字方能解。我笔写我心,则足矣。

旱

烈日下的河床,
皲裂的双手、嘴唇。
柳树蔫蔫地弯着腰,
老汉蹲在阴影里,
叼着旱烟。

山羊们从土坝上跑过,
黄沙漫卷,是老汉吐出的一口烟。
羊倌吼着秦腔,
高亢沙哑,
辨不出是《夺锦楼》还是《三滴血》。

小九念句"独钓寒江雪",
木杆挂绳做个"姜太公",
鱼翻着肚皮睡在泥洼里。
老汉不懂诗情画意,

拍了拍小九的脑袋,
不远处是泛黄的麦地。

蔡一璇

女,1995年生,陕西宝鸡人,2013级汉语言文学专业。喜欢写一些天马行空的小说和诗,喜欢穆旦的诗歌,叶芝的《当你老了》。诗歌是有温度的灵魂畅想。

茧约

早已不知有多少人言过这无言又无声的细腻,
从游子吟的手中线,
到为子缝补梦想,织就锦绣的萱亲。
如同被包裹的蚕蛹一层又一层
针脚密布,蚕丝紧系。

早已不记有多少人叹过这寂静又深沉的无私,
从岳母刺字的深意,
到地震时弓起佝偻之身护犊的本能。
如同期待破茧成蝶的养蝶人,
每时每刻,无时无刻。

静默以待的蚕蛹,
像一缕芳魂,静静地。
在她没有经历涅槃重生之前,无人看重,
守护她的只有这紧紧包裹的蚕茧。
因为有人知道她破茧成蝶的绚丽,
有一个她在等。

漫漫长夜,霜寒露雨,
蚕茧用她的厚重支起了一个伟大。
雪落长河,光耀百川,
蚕茧用她的心血铸就了熠熠生辉的蝶。

与茧成约,
方得始终。
我是蝶,
而那个她,
是母亲。

成丹彤

女,1995年生,陕西铜川人,2013级汉语言文学专业。诗歌是语言最极致的表现,也是心灵最直接的表达。诗歌是对生活含泪的微笑。写作是一种生活态度,而写诗是在孤独中选择最自由的生活。

天一下雪,世界就老了

今天下雪了
楼房白发苍苍地夹着桃木烟斗,喘着粗气
汽车不再是年轻时候着急冒火的样子
在路上也蹒跚地哼着歌谣
空气再也卷不动尘埃和雾霾了
一下子清闲了很多
玻璃上全是水汽老花了眼
人们都老得低下了头,牵着手慢慢走
老得都没有急事了
一不小心,和行路人也白头了
徒生出许多无名的爱情来
老得只适合在炉边饮酒,
坐着坐着睡着了
眼镜也没有力气在鼻梁上装腔作势了
慢慢滑下来
严肃的路灯戴着小毡帽也含情脉脉起来
老得通情达理
天一下雪,

世界就悄悄老了
各有各的老法
老得很像小时候

＊第三届"抒雁杯"青春诗会校园诗人奖获奖作品。

生命

毫无疑问,
白雨总会到来。
到那时,我的所有的
晒在场里的麦子
都来不及抢救
冲刷得一无殆尽
而我,会从农夫变成失败的农夫

我曾有一片麦场,
和别人的并无二致
也许更小一点,
勤勤恳恳地
晒太阳,晒月亮,
晒着蜜蜂嗡嗡叫,
我喝着酒,坐在我的麦场,
望着地平线一口一口吸掉夕阳
我会有什么好怕的呢?

我躺在我的麦场,
跟云朵比赛打滚,
我总是赢,
那时候,我想海,想云,想在我的麦子里
吮吸香气
想偷偷看看别人的麦场

比我的大一点，
也就那么一点吧
我的麦场总是小小的，
阳光照它的时候，
我高兴一点，
阳光不再的时候，
想它去了别家，
我总要把麦子晒个够吧
可白雨不能不来吧

我总是猜不到云的心思，
也总是跑不过雨呀！
到最后，我，
这个谨谨慎慎，战战兢兢的小农夫
背着锄头，朝夕忙碌，
喝一杯浊酒，
叹一口气，
生命这个坏东西！
哪里是功亏一篑，
几乎是逢赌必输呀！

＊第四届"抒雁杯"青春诗会优秀作品一等奖获奖作品。

韩莹

女,1995年生,陕西长武人,2013级汉语言文学专业。我喜欢写关于故乡和远方的诗歌,故乡代表回忆,远方象征梦想,希望每个人都能不忘故乡,不畏远方。

回首·前行

追寻一个到不了的远方,
跌跌撞撞——
攀援一颗触不到的星辰,
遍体鳞伤——
午夜辗转,
是无处诉说的孤独彷徨。
何不归乡?

是谁牵引着悠扬的笛声入梦?
萦绕在那记忆中的故乡。
撑着儿时藏满歌声的船儿,
在流淌着绿意的田埂间自由徜徉,
在村口苍老的柳树下捉迷藏。
透过斑驳树影的时光,
折射出另一番景象——

物我两非,
回首难寻来路。
将泪水兑换成思念,

携着一无所有的清白，
向所有未发生的事物问好，
转身，微笑前行。

李鹏飞

男,苏州人,祖籍安徽,2013级汉语言文学专业,"我们"诗社成员。自幼漂泊,随意往去,风咏山林,狂放不羁。怀书生意气,尚清士高古,凭侠义仗剑,慕枕流洗耳。任性洒脱,动静从心,无知无才,自得其乐,求真求趣,唯愿通灵。曾见好风借力,徒有躬耕旧梦。霜露云雾,如幻如空。屈指数卿,穷达由他,故九天飞去,留傲世之名。唯死生有命,终归尘土,泰山鸿毛,皆余事耳。

梦寻江南

我曾只身一人来江南
找一把雨中的油纸伞

是谁撑起这把伞
漫步在
深深的雨巷
漫步在
甜甜的梦间

江南呵
没有雨就没有伞
没有伞就没有你
没有你
我又何必来到这江南

雨中的江南
就是这把油纸伞

想我

我在想你,你不想我,
你在想我,我不想你,
我想你在落叶铺满的古都长安,
你想我在烟雨迷离的姑苏江南。

红楼做着我的旧梦,
春雨亭诵读我写下的诗歌,
础园无声是我胸怀广博,
道山幽静深藏我的寂寞。

来秀坊舞动我倩影婆娑,
古旧的铃声拨动了宁静祥和,
泮池里还倒映同学少年飞舟浪遏,
香樟大道上一群白鸽在注视着我。

采芹园曾怀想天下家国,
范文正公高呼我的忧乐,
智德之门挺拔是我傲骨巍峨,
泮水居不曾记下我的过错。

碧霞池荡漾起思念的涟漪,
春雨池畅游过我放生的天鹅仙鹤,
碑廊墨迹清香我双手曾抚摸,
尊经阁却在叙说我的沉默。

我打苏中走过，
一如微不足道的过客，
而姑苏府学在想我，
想我。

小草

村子拖着疲惫的身躯初愈
屋后　村头　乱石堆上
微风铺开浅草
毛孔漫山遍野地舒张

苦寒　绵长的日子里
溪畔草甸上星落着山羊
牧羊人兀自
编草鞋　扎草垫
织起我的童年

爷爷挥动牧鞭
看着我和小草成长
我也挥动牧鞭
看着爷爷和村庄老去
野草爬满村子每个角落
爬进我的幻想的每个角落

房梁断裂　屋脊塌陷　瓦片纷飞
又一个老人枕着遗憾睡着
睡成荒原上的土丘
人们回来又更彻底离开
只有小草在留守
能离开的　不经意中遁走

离不开的　留给杂草来抚慰
夜风在田野间徘徊
爷爷坟头的荒草
比他的胡子和人生还要长
匍匐在日与夜之间
嘶哑的喉音　比北风还瘦

多一株草就少一个人
我原以为村子都长生不老
草在四季轮回
命运不随着村庄颠簸
这里没有神　只有人
村子终将老去
命运比草更贫贱
村子和人
没有过去　没有未来
枕着土地　睡成青草
一旦离去永不回头

＊第三届"抒雁杯"青春诗会优秀作品奖入围作品。

上坟

刚下过连阴雨田间小路泥泞难行
收获后的田野上遍地散落的秸秆
旧时总是打捆垒成垛,足够烧上大半年
现在大多都在荒野之中点一把野火
树枝敲打火焰的前额隐含神秘期盼
翻舞的瑰丽火舌东摇西晃化成魔鬼
吞噬麦田用来温暖冬天的梦

三万亩金黄原野是火烧云在跳动与晚霞争奇斗艳
燃烧的麦浪无根的灰烬在夜风里飘荡
快速腐烂的麦田比死灰烂得还快
火红半边天下汇集一切的黑
沉寂无垠是在黑夜之中燃烧的黑
曾经风中翻滚的麦田在金黄的呐喊后
埋着坟丘的田野像露天煤矿中一株青草高傲
火焰跳动在荒原坟堆上
坟头上的小草随着地里的庄稼黄了又绿
又随着一代代的人绿了又黄

上坟的人陆续回去,我和父亲留在曾祖父坟头
父亲在家里很少说起他的童年
回望留在灰烬中的脚印
父亲向曾祖父诉说他这一路的艰辛
每一个脚印都是伤心事

年少辍学,差点把命留在矿上
辗转祖国大江南北修路架桥
大兴安岭冰天雪地里的无名伐木工
人生道路上每多一个角色
每多一次漂泊流浪,就离故乡更远一步
只有一串串脚印踏踏实实踩在故乡田野里
踩在回家的路上
这一片灰烬的包围中,安睡着我的祖先
沉默着我的父亲,留下我隔了十五年才归来的身影

这是我离故乡最近又最远的时候
中间只隔了一层薄薄的厚土

* 第四届"抒雁杯"青春诗会优秀作品一等奖奖获奖作品。

李强妮

1996年生,2013级汉语言文学专业。爱读昌耀,喜诵诗书。美好的事物值得被喜爱多次。而今"在我所爱过的一切事物之中,只剩下一片蓝天和几颗寒星",我也只能在梦里,亲吻"诗歌"这片白云。

我是只志向高远的狗

我是只志向高远的狗
对着黑夜吠叫
累了,躺在地上打盹
春天却破土而出
在我的肚皮里长成花束

神圣的谷种和姑娘啊
我们之间隔着大海、风暴
和诱人的歌舞
而事实上
我只是一只贪恋跳蚤、骨头
和温床的狗

谁料
肚皮里的花束被秋叶俘虏
我躺在英雄的梦里
成了坟土

李笑

女,1994年生,湖南永州人,2013级汉语言文学专业。喜欢中国古典小说和诗歌,因其含蓄而内涵丰富,耐人寻味。擅长新体诗,喜欢穆旦和芒克的诗,因其诗中自有一股打动人心的力量,读之心潮起伏,震撼不已。认为诗缘情而发,而内自带有作者的不平之气,写诗的关键在于对自己真实,对世界坦白。

囚

我以为
成长的建树在于
更高深的见解,更广阔的视野
而实质上
成长的意义在于
即使被世俗的囚牢所困
也能透过其间隐约的缝隙
发现背后的大千世界
那些抱怨的人
不过是被
囚牢内的惨状
吓得睁不开眼罢了

刘倩瑶

女，1995年生，江西宜春人，2013级汉语国际教育专业。路过楚辞诗经，停泊风骨魏晋，诗歌于我，是说不完的唐宋元明清，听不完的黄昏梨花雨。

南方有嘉木

从未知
清茶浓茶何以看人生浮沉
共月庭院深深
说不得
碧水白雾能酿出思念几分
却似落叶无根

初雪将至，煮开一壶清水以待
你笑百无聊赖
留此余情，化入午梦会更愉快
醒来梦中人谁在

翻越万水千山，暮雪随风而来
寒湿入骨才觉此身忽已至长江水之南
巷口你手捧一杯新茶笑得多灿烂
眉目不改温暖
天地雨忽停，刹那云开雾散
听闻家中旧琴已积尘许久更无人奏弹
这半年远行在外可有人问暖嘘寒

归途又几回辗转
年少时
浅啜一口茶水蹙眉不肯看
苦味苦色入胆
凝神处
你说有酒有茶此生可圆满
哪管星沉月暗

山茶花开,莺飞草长春水潺潺
车前子铺满山
陌上春风,细柳桃花摇落几瓣
对谁缓步指云彩

为何流年偷换,你两鬓渐霜白
为何一年又一年远度关山梦魂飞不还
为何明月总不弃却照尽千古离散
长路依然漫漫

南方嘉木盛,青翠映满河川
只想陪你倚仗柴门外静静临风听暮蝉
浇一注沸水沏开春茶细看它舒展
最难求如此闲淡

到如今
最怕春去秋来韶华流不尽
古人歌多悲戚
望来年
能得清明艾草插入尘土里
共你窗前数雨
最是清欢难及

水田歌

三月春风吹开了谁家的窗扉
野草和狗笑得很明媚
垄上白色的蝴蝶翩翩飞
后面的孩子拿着狗尾巴草在追

老农坐在矮竹凳上
他说他在等一场小雨
等田埂上冲出细细的水沟
等青蛙生了小蝌蚪
等水牛醒来
插上秧,夏夜就会有风吹稻浪声

灰尘盖过了夕阳的余晖
老樟树下坐着他
他说不用等了
季节里的稻花再无开落
水泥板下的泥土再也不会长出生命来
而我只希望
远方的山上依旧能开满茶花

刘之栋

男,1994年生,陕西商洛人,2013级创意写作专业。认为自然朴素才是诗歌的本质,发自心,而传于文理,行文之时一气呵成,矫揉造作便算不得诗了。

匆匆

时间走得太快
一场雨就是一个秋天
我们懂得太晚
一回首便成一个擦肩
秋天之后还有秋天
可是
擦肩之后再无擦肩

金色的白杨

北窗屋檐下舒展着几棵白杨
懒懒地交织在天台的前方
阳光
在细长的指缝间流淌
镀上了一层舒服的金黄
即使没有葱茏的绿意
也是冬日里的一道春光

往者不谏

帷幕下的泪
泅湿了扬起的憔悴
扑朔的烛火
摇曳着昨日的迷醉
深巷的犬吠
又摇曳着烛火
扑朔的回味
回味
微澜的蔷薇
疲惫着入睡
又是落日余晖
仿佛在嘲笑着
过去的可悲
糊涂的人啊
还有什么比青春
更可贵

鲁冰清

女,1994年生,陕西西安人,2013级汉语言文学(创意写作)专业。写作是呈现作者的白日梦,愿孩童时代最纯真的天马行空一直伴我左右。

通往秘密王国

鸟的声音,溪流的声音
花豹和麋鹿在丛林里
嬉笑打闹的声音

风的声音,雨露的声音
吹着竹笛的孩子
放牧羊群的声音
整个夏天都是漫游世界的声音

大人们永远不会知道
那一条通往秘密王国的路径
车辙的深浅
路的赞美
和所有的奇遇

聂萌

女,1993年生,陕西兴平人,2013级汉语言文学专业。雨果说过,"当我们以某种方式来感受诗歌的时候,我们情愿它居于山巅和废墟之上,屹立于雪崩之中,筑巢在狂风里,而不愿它向永恒的春天逃避。"对我而言,诗歌是对自我心灵的剖析,既有痛苦的发泄,也有感动的触发。它能让人平静以及充满力量。

回家

每一次回家
都裹挟着深深的期待　和恐慌
在推门而入的缝隙里
贫瘠的光　掩饰
倦容被一场虚拟的雨打湿
又仿佛只是幻觉
除了他们嘴角上扬的曲线
我什么也不敢看

想要出走的念头
不可负载　搭上欲望的急流
从没有一刻
如此时　憎恶生活的重量
暗色的灯冷冷地　瞥向
那好几蛇皮袋子里黑黑的　圆圆的
毛毛的边长满荆棘
以每个一分的廉价　挫伤

微不可察的颤抖

听觉咆哮
冗长的咳　咳　咳
施工队　用力碾压一片破碎的肺
佝偻缩进那帖最熟最烂的脸
低头避开对视　不愿拆穿
你竭力抑制却屡屡失败的拙劣
厌恶　自我懦弱的心
想要踩烂它
如同对待一颗腐烂的番茄

每一次回家
都好想哭　都不敢哭
想到的不是母亲的笑容
和父亲宽厚的臂膀
而是
那一根根　粗糙带着口子的手指
以及　费力咳嗽间强装舒展的眉头

潘仕龙

1994年生,广西人,2013级汉语言文学专业,一个学习写诗的人。

白色的海

我的窗外
是白色的海
不出产风暴
也没有英雄
鱼群一跃,恒若星辰
月牙一化,遍地莲生

白色的海
没有渡船
没有归人
窗前
一只青鸟
唱起四季不愁的粮食

推开门
行人依旧飞驰
没有人会想起海
也无人放歌
春风一来
还是这样

空虚又温暖
说　话
祖父向我挥手
没有说话
我模仿他锄地的姿势
没有说话
祖父望着夕阳
歇息很久,没有说话
我拍尽鞋面的土
走向大海,没有说话

祖父已埋在树下多年
我也遗忘这座山村
我们
从未说过话

她

她
学着飞鸟的姿势
张开双手
拒绝引力
拒绝时间的追捕
长成一棵白色的树
就在我沉默的一刻
太阳下
只剩一张船帆
或许是一粒米
没有地址也越走越远

一旦雨声醒过来
倾倒下来的是一片草地
自从有了眼
也就有了春花
白云也不再重复自己
南方的风应约而来
带着不会沉寂的红色
流淌
很像她

谭海金

女,1998年生,江西上饶人,2013级汉语言文学专业。情多,话少;心逗,嘴贫。坚信芝士就是力量,法国就是培根。

不远的远方

树,落着它的叶子
我,落在长安深秋里的荒凉
霾在恣肆地生长
不由得开始忧伤
嗅不见心中那佛香
谁,还在雨中
依偎着一堵湿了的老城墙
砖在低低地怅惘
不知该不该到访
背起行囊向着远方
狭窄的酒巷
所有人将遗忘
游走在梦想的路上
离开的不是故乡
要到的也不是远方

王洁

女,1995年生,陕西石泉人,2013级汉语言文学专业。曾经在一篇博客里看到这样一句话:"没有见过真正的果实,我总收获半生半熟的秋。"如今用这句话表达我对诗的理解,想必是再恰当不过了。写诗的人,心思必须细腻,感情必须真挚,他们都是孤独但并不寂寞的孩子。

角落

有这样一个角落,
无声地陪伴着寂寞的星空,
有风吹过的时候,
它们私欲。
蚂蚁在这里安家,
蟋蟀也来此置户。
每一天,
无数脚步走近、再远去
走近、再远去,
没有人为它投下哪怕一瞥。
终于,在一个冬日的午后,
穿着粉色小袄的淘气女孩,
为它驻足。
她蹲下看着那几片
早已爬满青苔的瓦砾。
她笑了,原来——
一朵绛红的月季,在暖阳中

孤独却骄傲地绽放在瓦砾旁。

＊第四届"抒雁杯"青春诗会优秀作品三等奖获奖作品。

席继东

男,1989年生,陕西榆林人,2013级汉语言文学(创意写作)专业。喜欢写一些针砭现实的小说和诗歌。面朝大海,春暖花开。不愿年华虚度,空有一身疲倦。

断腿乞丐

锃亮的不锈钢碗空空如也,
车水马龙却无人施舍;
他北望古都唱哀歌:
中年断腿无力尽育儿之责。

他唱明自己的人生变故,
却无人慰藉他的悲苦;
一首哀歌将伴他苦度残年,
一个碗尝尽世间的坎坷孤独。

徐畅

女,1994年生,新疆人,2013级汉语言文学专业。习惯把生活里的糟全都咽进肚子里,写诗是一种救赎,让我没那么讨厌自己。

冬日

冬日往往安静而神秘
满树繁华皆凋零
天高　风冷
人们匆匆地走着　甚少言语
但落在雪地上的脚印
是一个个隔夜的故事
到了天亮
和闪闪发亮的积雪约好了
一起消失

烧纸

风扬过去
积雪上迎来了皱痕
离坟头十几公里的十字路口
烧着纸

烟升天
变成灰黑色的纸沫升天
母亲和我说着话
话停了
安安静静地看这点思念燃尽

路口若真有魂灵走过
我怕是也辨不清他的模样
记忆中姥爷去世那天
我能回想起来的
只是我走在落满雪的公路上
咯吱咯吱
一步步往家走
并不觉得悲伤

最后一点火光熄灭了
母亲说,回家吧
我跪下来磕头
一下,两下

落在地上

额头沾了点雪沫
些许冰凉

抬头 路灯堂皇地打着光
整个世界都在微微发亮

飞

如果我们飞
我们就不会害怕死去
我们穿过迷雾厚重的森林
我们可以去挪威

当我们累
我们在云朵上短暂停息
下了雨
就让它落入眼睛

我还要和你
站在大风吹的楼顶
看脚下的城市川流不息

张开双臂
我们一起坠落
你往南飞,我往北去
我会累但我不会停

有天子弹穿过了我的身体
我会化作云让你靠着休息
化作雨轻吻你的眼睛
化作雾停在那片森林

我在死后学会爱你
像我在自由后死去
我希望我们一直睡
我希望我们一直睡,不要醒
到天明,偶尔睁开眼睛
看见未来得及消逝的星星
忧伤不能把我们惊醒
因为我们梦游在另一个世纪

我会做很多彩色的梦
我知道无论如何你都不会松开我的手
我们就一直睡,睡到心如死灰
不安的心跳　都粉碎

闫茗

女,于1995年生,陕西西安人,2013级汉语言文学专业。2016年获第四届"抒雁杯"青春诗会二等奖。爱好广泛,意志却很浅,到后来几乎只余下了因为对于语言文学的热爱。一直相信,诗的创作是需要氛围与作品的诗性熏陶的。经常发呆,往往一发不可收拾地胡思乱想,当这些呓语被稍加梳理,落在字里行间,就成了诗句的雏形。这首诗,也是"放空自己"的成果之一。

术

肉体撕开了不曾外现的红
好像群山抚育的一道道细流
前方的浑浊　　路人兜里被遗忘的胶片
脚下的坎坷　　自己哭泣着用此生消磨
为什么不在看台上
为灵魂留一席位
一罩稀薄的雾与汽
便足以成为灵魂的拘留所

可牛郎织女年年都有三百六十四天要肝肠寸断
灵与肉的分离却只在无影灯的照射中闪躲
当轮床的摇晃与焦急的目光齐声呼唤
我的肉体就要苏醒
就要昏昏沉沉地去赴一场重逢
就要替灵魂背负起
因曾被压抑而不愿罢休的痛

但这阵扯紧双眉的疼又算什么
额上的细纹协商后
决定让睫毛覆盖的两条弧线
接纳被窗台上 X 光片挡去了一两束的光
手术刀把一段空缺割在了我的记忆里
形状真像是东非大裂谷
灵魂在哭泣那是偶发缺勤导致的失职
然而望着它
太平洋也因为自己太浅而蓄下浓愁
无力的却不仅仅是任吊瓶中点滴穿梭的双臂
白色纱布似笑非笑地垂在那里
它的材质不吸水，更揉不进哀愁
夜晚
我把绯红的云朵猜想成天空深红的眼眶
可是第二天窗外真的落起了雨
这连串的水滴能消融什么呢
苦涩与酒精味结识了潮湿这个伙伴
这多人方格间里的荒谬更加浓郁得化不开
我想此刻那蒸发后逃走的记忆
一定和隐去的疼痛相携为旅伴
相约游历终生，誓不回头

* 第四届"抒雁杯"青春诗会优秀作品二等奖获奖作品。

赵海涛

  男，1995年生，天津人，2013级汉语言文学（创意写作）专业。爱好绘画摄影，诗歌创作的初学者，尚无坚定的诗歌观念及个人风格，在广泛阅读现当代各派诗歌诗论中，希望多结识诗友，共同学习进步。

床沿

太阳升到了晒屁股的高度
晚归的儿子还在熟睡
狗儿依偎在他的旁边，吐着舌头，哈着气

母亲走进屋里，擦了擦汗
看了看儿子，又看了看狗
蹲下身子摸着狗儿的头念叨着
"别守着了，他今天不走了"

＊第四届"抒雁杯"青春诗会优秀作品三等奖获奖作品。

雨后

路旁的粉色月季枯萎了
一个月前枯萎的是白色那朵
雨后的夏风清爽
春天这个温度时
含苞待放的拥簇中
有一两朵开得正好

春风吹来的盛开
总是敌不过夏日的热浪
连三叶草都被太阳染了金黄
一场雨也拯救不了
一个季节的灼伤

等等,话别说得太早
一缕春末的幽魂
在绯红色地绽放

钟佳宁

女,1994年生,云南省红河哈尼族彝族自治州个旧市人,2013级汉语言文学专业,杨慎等一众明代才子是心头好,喜欢文物古迹,常常会有和古人"通感"的内心体验。所谓"诗缘情而绮靡",信守诗情是灵感的相遇,是情绪的碰撞,绝非抓耳挠腮的苦吟。

贪吃

长安多佳肴
独缺一味
于是,我把
秦岭围成碗
淮河引为汤
五岳削作筷
煮过桥米线一碗
闻一闻
思乡
嚼一嚼
断肠

周洲舟

女,江苏淮安人,2013级汉语言文学专业。零碎是诗,片段是诗,音乐是诗,孤独是诗,宇宙中一切感官能接触到的东西皆是诗。诗是想我所想,可独自服用。诗是邀人同醉,共饮情绪之酒。诗是我,诗是当归、党参、黄芪、川芎。

Linda Rose

阳光透过窗缝从底格爬到顶格
又将下落到底
嗒 嗒 嗒 嗒
随着屋子的明暗和分针的交错声响
时间一轮一轮地走

寂静又端庄
这间古老的钟表店
即将要打烊

门铃轻响
穿着深驼色大衣的女子
面无表情上身僵直
缓缓地走进
她有着深红色的唇和
哥特式的眼妆

她走进缓慢地走进

黑色的高跟鞋一下一下地响
她的眼睛盯着木桌上整齐排列的腕表
一块又一块

而心——
宴会上的共舞
他优雅地递过高脚杯
顺理成章

大好的春光
他们漫步在乡间田野的小道
呼吸相闻
他轻轻地摘了一朵小花
放在了她的耳旁

多情余晖的下午
他慵懒地卸下腕表
又戴在她的手上
亲爱的
时间给你等我回来
他说
她微笑地看着表指针在下午五点处
闪着金色的光

如烟般的过往曾经呛得她快要窒息
而如今
她却靠着这些烟来滋养

时间给你等我回来
他说

时间给你等你回来？
你可再也没回来
她深呼吸她挺了挺胸膛
突然她僵直的身子一怔
那块棕色皮带的腕表依旧闪亮
躺在无数的表中
秒针嗒嗒地响
时针指向下午五点

五点嗒嗒地响
像是曾经的那个下午
还在深情地呼唤着的她的情郎

Linda Rose
Linda Rose
他呼唤着她的名字
然后杳无音信
就算她卖掉了表
她寻找又假装淡忘
终于
她迅速地转身
疾步走出钟表店
桌腿上的木屑划破了她的丝袜
她的影子闪过窗前
伴着有余温的阳光
只留门上的铃铛叮叮地响

像是什么都没有发生过一样
寂静又端庄

平静的下午
钟表店就要打烊

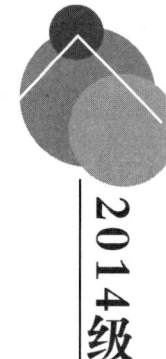

2014级

陈星

　　笔名任诞,女,出生于1995年,2014级汉语言文学(创意写作)专业。处女座,拖延症。希望自己写出的文字"词旨清新,无纤毫俗尘",而字里行间往往存未达之意,多是消遣所作,深以为憾。欲奋发图强,发迹于市井,然极易迷失于人生之路,心性不定,道阻且长。文学于我,似心有一结,需字字句句寻迹拆解,待成红绳一根,系腰缠足,剜肉黏肤。

自杀

从这密林出去
奶牛温温吞吞地跑过天桥
砰的一声
撞死在蓝色玻璃门上

一同倒在青草地里的
还有语言的残骸
谁站在门后不肯放行

谁把自己
封死在口舌的交错中

代倩倩

女,陕西省汉中市西乡县人,西北大学文学院2014级汉语言文学专业。喜爱听音乐,唱自己爱的歌。还是有那种恶俗小清新的愿望:不负春光,肆意生长。写诗:对与生俱来的罪恶的坦白其实是为了追求诗意葱茏的理想世界。

隔阂

炉子上的水壶忍不住燥热,
一直在嘟嘟地喷着蒸汽,
像极了电视里刚出现的,
上世纪的蒸汽火车。

本来认真拿着手机翻阅各种消息,
突然被两种结合在一起的交响吸引,
一下兴奋起来,
像小时候突然在街上看到了棉花糖,
只顾兴奋地跑向你大叫一声"爸爸"。
转身看你,
你靠在沙发上恬然入梦,
神色仍满显疲惫。
便知道,
再也无法回到小时候,
那时我们其实心有灵犀。

邓光玥

女,1995年生,重庆人,2014级汉语言文学专业。直爽的山城人民,会画画会码字会拍照,可矫情可洒脱,码字这事儿讲求心随意动,想给喜欢的人写情诗,所以写了。未来还想看更多的书,码更多的字,不敢谈写作,只是辛勤耕耘。

旧

你是挂在枝头的桂花芬芳
我是老饭馆被熏黑的招牌
你是昏黄脆弱的书页翻动
我是炭炉上煨炖着的咸肉

你是日记本里清隽的字迹
横竖撇捺都是风流倜傥
我是厨房灶间油腻的水印
柴米油盐皆是平淡俗气

你在时光的结尾成了上扬的音调
带着叽叽喳喳　麻雀的喜悦
我在岁月的尽头成了破败的钢琴
发出扰人清梦　一团的乱麻

你是银河那边的星粒
走过千万年　光辉依然炫目
我是山涧残留的月影

流过一个夜　惨淡不成样子

你在时光的眷顾里眉目如画
我在生活的烹调里安稳老去
把清冷的光倒进一盏茶里
含着想念的苦
等一日
等你

范旭颖

女，1996年生，陕西西安人，2014级汉语言文学专业。诗，来源于生活，它是现实生活在诗歌创作者心中所激起的情感的浪花。想要成为一个诗歌创造者，首先就是要学会享受生活、感悟生活，从生活中汲取诗的元素，进而酿造出诗来。

缘灭

曾经，
摇曳在禅房窗纸上的烛光
那样白雪翩然的寒夜，
谁曾用心一丝一弦地拂动
此后，幽深的兰若里，
还有回声的法鼓轻轻地敲吗？

曾经，
停驻在指尖转动的经筒上，
那样雕琢印刻的真言，
谁曾用心一字一句地低吟。
此后，经殿的香雾中，
还有游离的僧人黯然地唱吗？

曾经，
盛开在佛堂尽头的格桑花，
那样望眼欲穿的等待，
谁曾用心一点一滴地浇灌。

此后，雪后的青石前，
还有升起的经幡舞动地飞吗？

姜锦锦

女,1996年生,山东威海人,2014级汉语言文学专业。对诗歌的个人感受:一款精致的甜点属于午后慵懒的阳光,一首诗源于日常闲散的心情,诗歌是慢行的收获。一杯清洌的美酒属于心间烦闷的时光,一首诗源于内心难平的思绪,诗歌是一瞬的心情。

慢

一条土路
细轮
爬过
两辙平行的
轮花
几声"哧哧"的
喘

轮爬得极慢
慢得
看不清前进
慢得
惊不起尘土
慢得只剩
只剩
天地
寂寥

寂寥里
只剩
两辙轮
四个蹄
一声喘

李炯

女,1995年生,陕西洛川人,2014级广播电视编导专业。野孩子一枚,最喜野草野花外加荒凉的山坡。生活中的神经病,精神上的独行客,没心没肺没追求。渴望永驻梦中这样的美好。如若可以,乞求成为佛祖榻前一粒芥子。

妈妈

妈妈,为何
妹妹比我更爱你
好想哭
却没有眼泪

是不是出生时,
我忘记了哭啼
不然,看见他人受苦
我怎么只是傻笑着呢

是不是求学时
我忘记了听课
不然,吃着美味珍肴
我怎么只想自己的呢

是不是玩乐时
我忘记了真诚
不然,独自飘零路上

我怎么没有好朋友呢

妈妈,为何
我来这尘世
来了,就逛逛
逛逛

刘佳辰

女，1995年生，陕西汉中人，2014级汉语言文学专业。比较喜欢有动静有气味有颜色的作品，文字有生命力，不繁冗也不单薄。但最重要的是真诚自由不卖弄，从里面可以找到作者自己的痕迹，即可以在阅读的时候和作者相遇。读过的诗并不多，但是觉得诗是一瞬间的东西，抓住了的话就有了，写东西如果从很个人化的角度来看，可以是对过去的纪念，可以是人生凭证，是字据，可以是体验自己到达不了的那种未来。但总之不管是文章还是诗，我认为它们确切的存在意义都是一种对生活的补充，而我们的生活本来就像是一些没说完的话，诗就是那些最意犹未尽的部分。

他是

他是时间漂亮的衣裳
他是光线凝结的琥珀
他是烈火烧出了血色

他是我孤走人群时回音壁上的抑扬
是我记忆始末里的不敢声张
是我视线尽头的辽阔边疆

他是失声长廊
是隐于云的白鸟
是烈风烈酒烈旗旌
他是他自己的信马由缰

他不知道

不知道我丢失了许多

更不知道我在寻找

我丢失了弥漫在心中海面般的清晨

丢失了十二月里回旋过候鸟的雾岚

丢失了灰色楼层包裹中的真知灼见

丢失了所有可以迎接他的舞台

城市成分不明的晨雾是故事陨灭时的硝烟

我是千篇一律的面孔

是人头攒动中的呼救

是没有自控力的烂勇

是空口无凭的英雄

＊第四届"抒雁杯"青春诗会优秀作品三等奖获奖作品。

刘奕阳

女,陕西咸阳人,2014级汉语言文学专业。爱好轮滑、写小说;喜欢穆旦的诗歌,有哲思,感情强烈而神秘,语言特别而优雅。

陨落

据说烈日尽头是永无安宁的沸腾心火
心火的颜色不止姜黄和嫩绿
还有赤红
嘴唇一样　鲜血一样　旗帜一样　心跳一样
赤红主宰星空和宇宙
他们洪流一般的势头团团围住一颗金色的小星
小星的金色在赤红的激焰里蜕化融合
然后陨落

大地的一条绿色枝蔓似海藻触岩的毛细
以匍匐的姿态伸展
接住一片星辉
孱弱柔软而又颤抖的躯体在叶片上跳动
纤细的绒质包裹起如同颗粒般细小的棱角
天光喷射迸溅
蛰伏着的嫩绿干裂成河流的形状

直至雨点噼啪
星辰暂得喘息的机会

深裂的皱纹被湿润填埋
生命伊始
由一颗意外坠落的星辰

罗雪莲

女,1995 年生,重庆巫山人,2014 级汉语言文学(创意写作)专业。生于南,读于北,常幻想稀奇古怪的故事,自家觉得有趣,便附诸笔端。一直相信,诗歌是想象的简章,能给人力量。

我看见湿透的鱼

我看见湿透的鱼,
潜藏在水底。
细细的泛着光的鳞,
眨着眼睛。

水草茂密,
没有刺的石头在玻璃缸里静静沉睡。
周遭的人喧闹着,
抱着手臂,
讨价还价的声音缓缓升起。

而此时此刻,
我无暇顾及。
只因
我就这样一面看水
一面看你。

马雪翎

女,1996年生,浙江宁波人,2014级汉语言文学专业。每朵云都下落不明,每盏月亮都不知所踪。时光是一支开弓后的箭,只向前,不后退。那么,不如用诗意的文字记录那些无人知晓的黄昏里,树梢上婉转的低语。

鲠

对我来说
你是那根尴尬的鱼刺
卡在不明不白不清不楚的地方
许多话就这样咽不下去也说不出来
直到喉咙里长出石头飞出鸟雀
后来石头破裂　鸟雀遭逢猎枪
而后你匆匆将自己开封
历经洗礼蜕变　呈现透明斑驳
勾兑出五光十色的风景
映衬着夜空里一轮明月
没有圆缺

王梓童

女,1996年生,陕西西安人,2014级汉语言文学专业。我始终相信,所有深夜里苦苦挣扎的灵魂,都能在诗歌中得到洗礼和救赎。奔跑,在疾风里成诗;呐喊,在回音里成诗;相爱,在早安中成诗。在字里行间,和世界上的每一个你相遇。

时间的遗书

一夏的时间
蔓蔓且延延。
我来时,世界给我江河湖海,满山花开;
我走时,带去的也只有芬芳和慷慨。

一夜的时间
明明又灭灭。
我来时,星汉灿烂,灯火遍城阑珊;
我走时,霓虹也暖了一暖。

一路的时间
晴晴复雨雨。
我来时,好梦酣畅,旅途顺利;
我走时,七月流火,九月授衣,送行的人多了许多个你;

一生的时间
恍恍还忽忽。
我来时,所有生命在啼哭声中微笑;

我走时,微笑着祝啼哭的生命继续幸福。

我来时,打赌春天不易老,
我走时,梨花苍苍半山腰。

吴锐凡

女,1996年生,福建厦门人,2014级汉语言文学专业。业余时喜欢写小说、散文、诗歌,也曾多次给各地比赛投稿。享受安宁的生活,希望能在宁静中抒写内心的安逸,写出心中一个个充满喜怒哀乐的小故事和情绪纷杂的诗歌。

雾

我是那片雾。
当我静俯于山间遥望,
当我渐渐化为层层露水,
当我趁天凉暮上,人群散去,
急迫地赶到你的身旁。

用氤氲的烟云拥抱你疲惫的花瓣,
用潮湿的亲吻浇灌你沉睡的花蕊,
以我颤抖而流动的指尖,
在无人的夜,
在依稀的黎明,
在眷恋你那金色花瓣的晨与昏。
拂过你柔软的枝叶。
而当白昼渐起,
我又将退回那寂静的山岭,
等着下次的日暮降临。

杨林子

男,1996年生,陕西安康人,2014级汉语言文学(创意写作)专业。读书很少,偶尔写诗,自娱自乐。

洪水

没有态度的人是我
一个国王
国王很好
国王从不指明方向

今天中午吃什么
妈妈问国王
国王不响
国王从不指明方向

月亮延伸夜的远方
河流,湖泊与雨水
大地潜入海洋
今天过去就是明天
明天中午吃什么?
国王不响

马蹄达达信使来报

大大大——大事不好!

洪水！洪水！
上游决堤，国王快跑！

国王翻开圣经的第六页
"挪亚就这样行，
凡神所吩咐的，他都照样行了。"

国王侧耳，
上帝不响
上帝从不指明方向

张玮

1996年生,浙江湖州人,2014级汉语言文学专业。最喜欢的诗是《饮着科林斯的太阳》。喜欢希腊诗歌,也喜欢奇诡的现代主义诗作。诗是私人的艺术,也是普众的钟鸣。

冰箱

里外的温差太大
门一开
雾气氤氲

那听啤酒没有了汽
这杯酸奶没有了盖

冰块掺着一半的水
剩着另一半
在晶莹里闪着光
像是泪

莴苣黯淡成竹青色
茄子由黛色渐变成黑
鸡蛋只剩下一个
蔬菜和蔬菜
羁绊和羁绊
深深交汇成
一个又一个

打不开的
死结

她的手僵在空气里
重重地把门关上
一对眸子
在晶莹里闪着光
像是泪

明明
明明
他在的时候
还不是这样

＊第三届"抒雁杯"青春诗会校园诗人奖获奖作品。

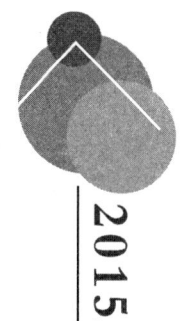

2015级

陈玉玺

女,1997年生,河南南阳人,2015级汉语言文学专业。不善言辞,偶尔有些神经质,喜欢独处、散步、读书,迷恋三毛,也喜欢海子的《九月》,诗中带点儿苍凉的况味,意境辽阔而思想跳跃,这是种属于天才的孤独感。

梦中行人

苍青色的风,
烟色的雨,
你在梦里行走,
你在哪里落脚,
漆黑的夜里有萤火,
江湾里浅浅地落,
你说,
那是夜的眼睛,
数着暗里的花朵。

陈月颜

　　女,1997年生,山西闻喜人,2015级汉语言文学专业。爱好读书,听歌,跳舞,擅长的文体是诗歌和散文,喜欢刘亮程的散文,从大一开始接触诗歌创作,暂无可称道的创作成绩,写诗对自己来说完全出于兴趣,捕捉灵感,抒发情愫,甚至是一种宣泄和排解,我从中能够窥见并审视自己的心绪,袒露自我的同时也在发现自我。"我偏爱写诗的荒谬,胜过不写诗的荒谬。"很喜欢辛波斯卡的这句话,我想让诗歌在我的生活中延续下去,我向往并珍视创作时纯粹的激情。

独白

灯光褪色成影,
当钟声战栗,
我看到
一只寂寞的刺猬,
像极了
小小的你。
踩着灰与白交错的网,
裹挟冷汗与热血,
将撕裂的伤口
——平铺在黑夜里。

灰尘和雨水,
在你雪白色外套上
结出花纹。

铁窗外飘过一缕
谁的叹息,
夜色中
划伤你惊厥的梦。
可那一切都是真的,
你又何必
去区别眼泪与星光。

如果可以,
我能不能
用这伤痕累累的手臂,
筑起任你摆渡的岸。
我能不能
用这孱弱的身躯,
化作承载你悲伤的归船。
前路危险,
你可不可以等我,
等我擦干眼泪
缝好胸膛
光着脚穿过一千个白昼去牵你的手。

彼时
风未停而雨将尽,
而我就在这里,
哪也不去。

＊第四届"抒雁杯"青春诗会优秀作品二等奖获奖作品。

高星宇

女,1998年生,陕西白水人,2015级汉语言文学专业。最爱诗歌之美:皎皎明月是一首诗,孩童学语是一首诗,纷飞思绪也能成诗。寥寥几语,足以畅叙幽情,灵感突至,只待妙笔生花。我们本就生活在诗意的大地上,只待一双发现美的眼睛,在诗歌中收获,在诗歌中成长。

海妖群

我们从黑蓝色的海底向上望
那模糊的闪亮可是他们说的星光
巨大的章鱼触手软软地吻着我们黑蓝色的泪水
坚硬的鳞片映着我们彼此丑陋的面容
我们赤裸的身体青筋暴起
眼里全是燃烧的渴望
在安静的海底
寂静地漂浮

黄文洁

女,1998年生,湖南岳阳人,2015级中国语言文学专业。享受一杯清茶,几卷书册的午后时光,亦爱邀二三友人流连于古迹山川之间。致力于"读万卷书,行万里路",并期望为文道不衰尽绵薄之力。

蓝

我自你深邃的眼眸中望见了无尽的蓝,
从此便无法自拔地爱上了它。
它是子夜宁静深海的轻波微澜,
是天际纯粹辽远的梦幻晕染,
是你从未启唇却不言而喻的存在。

多年以后,当我捧着深蓝风信子
缓缓登上斑驳石阶,
第一声鸽哨伴随着风铃隐约传来,
才突然发现,
我的世界已深蓝如海。

李梦婷

女,宁夏中卫人,2015级汉语言文学专业。感言:草在结它的种子,风在飘摇中笑,岁月盛好,年华无恙,读书,画画,写作,旅行,思考,生活平衡,生命通透。诗歌,为性灵而生,为知音而绝。

在雾里

在雾里,我仿佛看见你
微微颔首
掩饰不住的笑意
像清泉在山石间流逸
纵使飞流直下三千尺的声动奔涌
也不及心里的太古宁静

在雾里
你仿佛在我眼前
密密睫毛下不动声色的眸
一如秋后幽白的月光
穿越千山万水不改的清远
即使姹紫嫣红里争奇
我心简澄如一

在雾里
我仿佛依偎你身旁
没有荆草享围黄连穿心

目光流转处是灵魂深深的屏息

对望里天意胶漆

天涯海角一相逢

不管风霜与雪雨

在雾里

你仿佛远离

你的发丝飘扬如融乱花炫舞里

衣衿青青换如意吟天留河边幽草

风渐渐来吹

我紧紧相随

雾款款四散

影恍恍不见

李杨

女,1997年生,陕西咸阳人,2015级汉语言文学专业。一池研墨,跃然而止。挥笔作情,款款而行。中国诗歌就仿若一曲悠长的乐曲,回转流连,顾盼生辉。吟唱千年,一步步引导我走近它身边,去体悟它,参透它。大慈大悲,大彻大悟,尽在这点滴行间,余韵于笔尖之外。

悬崖边的种子

不知是什么怪异的风
吹着千颗万颗的种子飘散各处
大江南北　长城内外
到处都有它们的影子

一望无垠的平原尽头
临近深谷的小石头缝中
也有这么一颗种子

几载飘零
却不知落身之处如此——
历经磨砺
却难言内心苦楚一二——

它远望着平原上的嬉戏
静听着异国他乡的见闻
小桥流水

有着无与伦比的静谧
天子京都
有着说不出口的壮美

它倾听远处森林的喧哗
和山谷中小溪的歌唱
它独自站在风里
显得寂寞而又倔强

它微倾了身体
想要更深地扎根
它抬起了臂膀
争得雨露的馈赠

终于乐章奏响———
它弯曲的身体
上面有风的印记
它似乎即将掉进深谷
却更像是要展翅翱翔

孙孟然

男,湖北黄梅人,一个致力于考古的中文系 2015 级学生。兴趣广泛:读书旅行,书画印坛,喜欢纳兰的词、霍尊的歌。创作过几首现代诗,聊以拙笔寄余情。

情人

月亮在幕布上燃烧
你从暗黑中走来
追逐那翻滚着的灵异的光
海浪不再顽皮
按照约定
拼凑成一块墨色魔镜
映射出一条幽色的魂灵

你咬破指头
勾写出一幅长长的桃色的情书
然后盘坐,静候莲开
她来了
她在地平线处对你微笑

王可丽

女,1997年生,陕西渭南人,2015级汉语言文学专业。诗言情,瞬间或者永恒;诗画景,明媚或者苍凉。诗博大,能纳入万里河山;诗意深,能抒千种风情。诗自由,可歌时光之愁,岁月之悲。诗,用一支笔,书写文人的江湖。

双子星座

你
在都市的繁夜里饮酒
去乡间的田野中嗅花
或
去街道口感知汽笛的心跳
在屋檐下倾听细雨的歌声

是有
浪子的孤独 散漫
诗人的敏感 细腻
画家的洞察 缜密

有时你
会笑得孩子气
也时常
大人般严肃
你
会乖巧得如猫咪

也能狡黠似狐狸
就像一场奇幻的魔术
平淡与刺激
交织成生命的舞姿
鼓点声中，你摇曳着
对青春的荒唐报以探究
与时光的阡陌一同变化
星座书上说你是轻佻
但我想那是你的朝圣

杨银环

女,1997年生,陕西临潼人,2015级汉语言文学专业。O型血天蝎座,喜欢的很多,爱的很少。不是我在写诗,是诗在写我。要有最朴素的生活和最遥远的梦想,即使明日天寒地冻,山高水远,路遥马亡。

藏

你说
你要把自己深深地藏起来
于是
你将头颅栽进厚厚的雪里
可是
你那白花花的身体
却赤裸裸的
闪耀在这无边无际的寒冷的夜里

朱美伊

　　女，1997年生，安徽亳州人，2015级汉语言文学专业。我喜欢绘画，喜爱艺术史，比较擅长现代散文诗，偏向于抒情方面，原来高中时创作的诗歌获得校级奖，我的诗歌一般从我自己出发，从最小的情感捕捉大的意向，诗歌很生活化，多半是有感而发，一些长篇诗大多立足于一些画家的艺术性的一生，我觉得诗歌不能太过浮华，因为浮华的实物是不真实的，我希望我的诗歌可以将我内心最深处的，最细腻的那一点展现在大家面前。

画中的花园

年轻的他背着画板
行走在车水马龙的城市街道上
从他的眼里
透出了一丝闪过的光
他拨开层层的阴霾
用画笔描绘出那种不可思议的美丽
稍纵即逝
他将满心中的渴望定格在了那一秒
画布上
是一座朦胧的花园

晚年的他挂着拐杖
蹒跚在寂静无人的乡间小路上
从他的嘴里
听出了一点飘过的梦

他解开缠绕的花枝
用画笔涂抹那心中不为人知的苦闷
便是永恒
他将满眼中的泪水保留在了那一刻
画布上
是一个永不言弃的莫奈

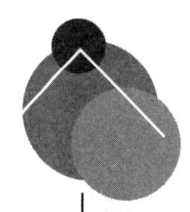

研究生诗选

郭静

女,1990年生,陕西蓝田人,2013级中国现当代文学专业研究生,"我们"诗社成员。擅长现代诗写作,有作品入选《新世纪诗典》等刊物。

灯火

远处
给一点灯火
平目可及
遐思歇于窗边

树中的猫眼
透出灵色的光
你的手覆上我的手
夜色浸入夜色

累了就停止飘荡
栾树晃着枯叶唱诗
黄昏寂静落下
你我　也各归来处

工地上的女人

沾着石灰的外套搭在搅拌机上
重心向后
她用力一蹬
铁锹进入水泥
水泥在空中划着弧线
弧线落入推车
接着无数弧线堆进推车
接着握住铁锹的手套握住了推车
手套是麻线手套
手套很松
一口白气呼出来
推车动了动
头降低尾抬高
独轮朝前一下又朝后一下
独轮最终飞转起来

在筛网前
独轮拐了一个弯
拐弯的时候
独轮颤了一下
她的山茶花色的毛衣
跟她竖起的短头发
跟她松懈的乳房
跟她的没有形体的身躯
一起　颤了一下

情诗一种

迟到了一年之久
在众多声音中分拣一支
云雀跃起后响亮的咳嗽
平坦　幽深　暗到极致
我的眼睛绝然不同于你和别人
仄起的余光
从开始便高于已知的一切
后来都多余
我克制　热爱注定流于无妄
此前应算作故事最好一章
三只黑猫早在熟稔丰盛的夏季不耐烦等候
天鹅从南归来
空中撒下众多蓝星的闪光
我谨慎不为之所动
已无话可说
像开始一样

＊第三届"抒雁杯"青春诗会优秀作品奖获奖作品。

弱女子

我虚弱　无缚鸡之力
于是我轻浮
飘在灯火中的秦淮河
和三月的扬州
我指如柔荑
扬起薄幸的桃花

祸水红颜是我
贪得无厌是我
安分守己却不是

天然的水性
我带走无数
追逐的落英
春去也
便付之东流

谁给我的三从四德
我就还给谁

我当真肤如凝脂
然不会惊鸿一瞥
此地从无神女峰
我永远肉体凡胎

站不成石头也不会
走进别人的梦中

要么匆匆地去
要么留下在这里
看雪看芙蕖
全在一念之间

轻易钟情一串眼泪
而永不错付
倾城的笑容

樊素樱桃口
小蛮杨柳腰
不会歌舞
不屑于弄丝竹
巧笑倩兮
暗送一段宛转眼波
只为那人
他低头拾起我掉落的
天生媚骨

十二月路灯

车窗上晕开
一声疲惫的太息
我看见无数手机的光点
一张陌生男子的脸
在窗棱上分成两半

公交不断冲进洪流
冲进纷然倒下的楼厦
音浪在街上起伏
在黑夜的背景上增强
我看见陌生男子的脸合成一个
左面和右面
右面在窗里更远

我看见他站起来走出去
走到一个保温盒前
走到一位路灯下女人面前
走到十二月路灯下提着一盒小米粥的女人面前
走到了十二月路灯的深处

我看见公交冗长的四道车辙
安静断裂在街口

王

在深秋来临以前
登上楼台
一个人的孤独深重

王 和一个戏子
同样可怜

想念泥土

曾经我深信不疑
泥土贵重如血液不可或缺

就在那些还留存的传统里
泥土是其中之一
那长在田埂上的二月兰以及塬坡上的树
全是灵魂内部伸出的发须
以自由的秩序
布满旷野及坡地

阳光是泥土的 水是泥土的
粮食和蔬菜是泥土的
衣服是泥土的
娘的手是泥土的

在和泥土打交道的日子里
麦子不是面粉
玉米长在地里
河岸上不是楼房

夏忙时
我们全村人
在宽阔的麦场上
不睡觉

星星密得像扬起的麦粒
麦粒落下像场边的白杨唱歌

只有在冬天
我太姥姥的灵魂
才有空
在她坟墓边的田垄上闲坐
那时候的旷野寂静无人
南河水淙淙流过
半裸的石头
泥土在白雪下
沉默无声
暮色降得甚快
白鹿原上点点灯光
掉在河里潺潺着流不走
夜色里
看不清秦山脉络

三环上夜灯的寂寞
田野上氤氲的温馨
南门上悬一个月亮
是不是南河上那一个
钟楼下又白又瘦的人
还是不是泥土里长出的孩子

此时
我说你想念泥土
你无可否认
你一定想念泥土
新鲜的气味

肮脏的内容
冬天 春天或者秋天
有些东西永远这样
印在我们额头
尽管我已不再结实

我还是要无耻地说
我是泥土嫡系的子民
我怀念卑贱的黄土上
卑贱的汗水
我怀念齿草在腿上折弯后释放的清香和刺痛
我甚至想念为灌田而吵架的乡亲
在对着手机不知何为的晚上
我愿意对着当年烧麦秸
烧掉我家二分地的张伯
微微一笑　冰释前嫌
仿佛他还未死去

新诗印象

写《中文系》的李亚伟
在高三那年冲我诡然一笑
给我递上一叠莽撞的词语
教授与鱼与背诵古人咳嗽的蠢白鲢
一迭迭远去的铺盖卷
使我七荤八素

朦胧派中间代以及第三代
还并不知为何物

只听闻
西川说自己在哈尔盖的天空下
虔诚如领圣餐的孩子
他怀念了李白怀念了杜甫
怀念了夕光中的蝙蝠
以及那些死去的诗人如海子

西川不是一条河
也许欧阳江河是
江河和欧阳江河是两条才华横溢的河
老诗人和小诗人谈笑风生
纪念碑如此沉重
欧阳于是走进咖啡馆 于英汉之间
去发现象形的人怎样走成拼音的人

张枣这个老男人倒是挺懂女人
镜中女子的忧愁似梅花落满南山
他走过秋天又走过春天
人生温热但如命定的戏
他走那年,我在青岛
买下大半本读不懂的诗集
只为纪念不为别的

郑敏这慈爱的母亲
手握金黄的稻束
也曾寂寞也曾年轻
终究会在爱里复活

啊,相信未来
食指打算让我相信未来
或者他自己并不相信
精神病院和归宿结果是一码事
疯狗被养疯了又去咬别人
天下的事就是如此奇怪

王小妮鬼精鬼精
她总怀疑有人在不远处的阳台
蓄意篡改她的生活
伊蕾和张真是绝妙的女子
三月的永生是黑色的永生
张真和张真的鬼在夜里彼此打量
女人的流产只有女人自己知道

绝对的反动派伊沙
解构了古典　嘲讽了诺贝尔及其他

叶延滨声称丘吉尔让他转达几句话
韩东总是特坚定说你肯定见过大海

黑眼睛的顾城
任性的顾城
和黄皮肤的海子
呈上自己黑夜的献诗
麦地般的美丽
春暖花开

阳光中的向日葵
骄傲的
向日葵　芒克
向往一块发甜的葡萄园
蔡其矫只祈求安稳和幸福

北岛的回答振聋发聩
走向冬天
是结局还是开始
梁小斌说他丢了钥匙
在雪白的墙边哭泣
一个时代的青年集体苏醒

神女峰煽动了新的反叛
舒婷真的又美丽又知性
却不是男人的对手
还是要看翟永明的
独白
陆忆敏读美国妇女杂志

她说女人还不都一样啊
女人

尚义街六号
热闹又散乱
于坚领着一群哥们喝酒抽烟谈论诗歌
也曾说起便条集和对一只乌鸦的命名这样的琐事
陈东东是形式主义者 爱箫
雨中的马有多迷人有多少意义
竟不得而知
杜运燮说追物价的人那叫一个慢
然而跑在滇缅公路是伟大的成功

汶川地震的时候
朵渔大声呼喊
轻浮
今夜写诗是轻浮
于是我在轻浮的夜晚记住了朵渔

还有昌耀啊杨炼啊陈敬容啊
穆旦之琳和多多啊……
我说也说不完了
只记得那年我把冰心徐志摩
把汪国真和席慕蓉都束之高阁
那年我像刨到宝藏的顽童
在整个冬天喜不自胜

须是如此

我就是我在枕边摸黑
写下的字句
我是黑夜的深和浅 两处
我是苍白和欲望 煎熬
我是时间和一个疯子的僵持
我是胆小鬼装作 无畏
我是阁楼上的女人
癫从内而外

我摸黑写下我听见的字
在轻飘飘的夜晚
四处找不到一张纸片

我是我头发中的软和气味
我必须是长发
和自己的长发纠缠
我必须神经质
听重复的歌发出
不重复的胡思乱想
我必须习惯黑暗
我也必须相信说不准的直觉
以免被日光迷惑
以免不断去扑火

女人的眼泪
女人的手臂
都像她们的头发一样绵长

我必须不开口
说出的都是谎言
我必须时常怀疑
来自某处的恶意
我必须无视
不去计较虚假与否
我必须剔除令人善感的细节
我必须爱一个人
爱他并伤害我自己
报复自己天生多么自私
我必须让自己被淹没
在无数冰凉像海水一样的夜
冷而窒息

我想我须是如此
须是如此
我是赎不清的祸水

一个夜

星星开出一朵云彩，
酒醉的归客便红了脸颊，
想那是怎样一个童年的美梦，
想，那是怎样一个划过流星的夜，
一只蜻蜓点着水，
半个月亮落在河里，
麦子在地里疯长，
可是坐在陇上的年轻人
却用水一般的眼睛，
遥对空蒙的宙宇，
心情那么平静，
仿佛20岁那晚，
一切都已来到，
一切都已注定

印象

我的窗上结了冰花
料峭的
秃枝的梧桐
把清冷的气息挂在半空
手握不住书页的薄脆
书中的梅花生生地
抖落满地
雪从外面扑来
在窗上撞出一片白
一下子亮了
一下子把那年冬天
撞出了清香

郭明乐

男,1990年生,河南洛阳人,2014级中国古代文学研究生。较为擅长古体诗词,也尝试新诗创作,有诗词、散文发表于《西北大学校报》《中华辞赋》《中华楹联报》。认为文章诗词要有真实情感,有感而发即可,不可"为赋新词强说愁";"文章本天成,妙手偶得之",文章自然即好。

河畔的爱

我思念你,我不敢言
白芷,秋葵是我的头饰
笛音缥缈,我愿你能听到

木叶纷落,河水涣涣
我会在约定的地点和时间
穿着你喜欢的碧色长裙
头戴杜鹃,手持箫管
我愿你能到来

河水涣涣,木叶又落
我想为你起舞,如惊鸿
我想为你奏一曲箜篌
如凤凰鸣叫

一万年,太久
我只想说

记得一个曾爱你的人
在那条河边
为你织一件秋衫
为你将河水望穿
我思念你,我未能言
红豆,白蘋与萱草

谢榕

女,河北人,2013级古代文学研究生。爱咖啡,爱诗歌,爱一切诗意的生存方式。认为诗,是灵魂深处的咏唱,是洞穿万物的孤寂。自2012年习诗,作品见于《星星》《北京文学》《延安文学》《陕西诗歌》《榆林诗刊》等三十多种文学刊物,第五届邯郸全国大学生诗歌二等奖,第三届抒雁杯青春诗歌一等奖。

复制生活

青草深处,时间日复一日,像负重的蚂蚁
把黄昏从低处搬向高处,直至退离西边的山顶
光阴流水的急促,割草机的粗犷
以及几只飞鸟的和声,在旷野寂静处缠绵悱恻

习惯了一栋楼的方位,一条街的名字
一种惯用的抒情方式
或者,独自咀嚼碎片化的情绪
没有波涛起伏的气势,除去冗长的煽情
所剩寥寥。

我和自己周旋于斯
胜负已定。十年以后
我依然沽酒,等风;照旧采桑,写诗
干重复的活计。走来时的路。

来不及叙述的春天

浩荡的雪,像流落异乡的囚徒
押解于天与地的途中。三月,天空飘着昏沉。
春天距离往事渐行渐远。

不由操控的对白,总是被夜的钢琴曲
抢夺先机。占领我身体每一寸贫瘠的土地
从灵魂深处掘出信仰,就像此时我仰望
大片的云朵,在搬运着春天

从少年到暮年,时间被一带而过
穿越其中的,不过是打破与再构的更迭
而我,常习惯用同样的手法,叙述同样的惆怅
总在春意阑珊时,想起三月的山花

老树的皮正在试图略过光阴
略过矮短的篱笆,略过稍纵即逝的欢愉
把一段经历裁剪成诗,风执着于劈开
两行平仄,将来不及叙述的春天倾倒而出

四月的情书

我需要声明
我不是个理想的情人
没有热烈的红唇,冷艳的外表
一双看似深情的眼睛
我有的不过是
琢磨半天,才敢于启齿的笨拙
我有着梨花的羞涩,风一吹就涨红了脸
请宽恕我石头般顽固的性情
要你陪我看完一条河的流向
等待一枚溯流而上的卵石
被时光磨平一生的棱角
我在你对面,仅隔着岸,缄默不言。
体内豢养的风催眠了整个森林
我所有的细胞,在阳春三月发酵
其中不乏署名"爱情"的种子。
我把唯一的情话,锁进四月。
待我们老了,再轻轻开启。

我连孤独也不曾占有

月光如锁骨那样明晰
长在古老的平原上,渗着冷艳的光
夜是它体内的一部分
在喧嚣过后,和一只飞蛾邂逅
在镜面厮磨。一盏灯在黑暗里沸腾起来
女人卸完妆,还原了女人的本质
她的身体里有淌不完的悲欢离合
和二两自斟自饮的白酒

我从墙上取下自己,顾影自怜
像一个思想的幽居者
我无法解析这与生俱来的孤独
也无法向岁月讨要身体的秘密
如一根竹子的生长
我听见体内拔节的痛

我用缄默堵住体内奔伏的潜流
我必须安静地流淌。像一条真正的河。
敞开所有的伤口,除了更深的痛
我甚至连孤独也不曾占有

一条河流过身体

多年来,我身体里豢养着一条河
流过我身体最敏感的部位
向北,向西,再向南。不断更改命运线

我偶尔也能体验河水泛滥成灾的恓惶
在春天里分出众多支流
像四窜的逃徒。没有一条能重返故里

那条被父亲命名的河
至今还是一个秘密。
在我身体里不紧,不慢
也不会轻易露出马脚

打我从娘胎开始,就学会了波澜不惊。
如一枚躺在河岸的石子
沉默不语。舔舐与岁月的每一次交好

父亲晚年的酒里,河水平静如几十年前。
我学着他的样子,准备好一盘下酒菜
把所有世俗的肮脏与羞耻
灌进另一条匿名的河里

一些终会走失的日子

有时，我会看见风的影子
正在搬运黄昏，离沉默的距离很近
有时，翻阅匆忙的时序
总在秋天过后想起春天的南山
有时，坐在最朴实的田埂上
看炊烟晕开一道空白，再收拢为虚无

稍纵即逝。一个人，和众生萍水相逢
又擦肩而过。尚未来得及构成大段对白。
枯萎的影像，叠加，磨灭，继而重拾陌生感。
成群的野马从记忆的胎盘里逃出
流窜。只保有些许蛛丝马迹

我选择游离，于魂灵之外择一个栖息之所
安放我所有的局促。月亮升起时
就能窥见清澈的少年时光，在指针上细细游走
我无法辜负一场绚烂的重逢
也无法挽留正在走失的日子，正如此时我正
认真倾听。一场落地无声的雨

＊第三届"抒雁杯"青春诗会校园诗人奖获奖作品。

闫赵玉

女,1993年生,河南周口人,2014级古代文学专业。平常多有诗词创作,尤嗜词、绝句。长于散文,偶写新诗,喜歌舞筝箫诗茶花。

卢舍那

谁在远古的崖壁上镌刻奇迹
灼热的铁锤凿破香山的肤肌
行走在广渺宇宙的羲和垂下头
静静流淌的伊河沉默不语
仰望一窟窟皎洁如月肃穆庄严
柔美线条萦绕岁月的厚重积淀
宽阔臂膀承载历史的雾霭流岚
风霜剥蚀的躯体里挺立着不朽
坍圮的洞窟前擎举着煌煌冠冕
我绝不说旖旎、壮观
它们早被重复了千遍万遍
我只想依偎着冰冷的古岩
掬一捧卢舍那大佛脚下的碎片
窥得工匠不苟地雕刻时间
迸溅的火花点燃夜的星繁
滴落的莹汗汇成伊河不竭的泉源
还是让我做峰峦上的一颗石子吧
以谦卑的姿态与佛像交谈
去倾听这千余载的峡谷里

曾漂浮过多少虔诚的老船

还是让我做日光里的一粒尘土吧

沾染辉耀千古的夺目璀璨

守望着瞬息万变的时空里

卢舍那永恒的姿态拈花的笑颜

《屈原》

问天

王道如何

当大地裂为深渊

理想之光飘然熄灭

你将第一个殉难者的名字

镌刻在汨罗江畔最后回首的瞬间

时间虔诚扶正清澈的沧浪之水濯洗的缨

宇宙日月投影如胸腔火热的跳动

烫伤千百年来不息的江水

羲和赶路奔雷回声

驰骋祈求时

三皇默然

我的掌心开出一朵花

1

相信在这片神秘的土地上
我每失去一次太阳
就得到一次月亮
每眺望一次远方
就怀揣一次希望

2

你的影子
是一只小船
从我眼睛的河岸出发
终在我心的滩头搁浅

3

多么希望
你的柴门尚未落锁
我正飞马一路奔波

4

我愿在寒风中

将烛火高高举起
好使你的睡梦里
多出一丝星光

5

沉默是两只蜡封的陶罐
若想拥抱彼此　除非
前进一步　然后 碎裂

6

我站在这里
久久不肯离去
因为这座城市
还欠我一场
黄昏时分的
磅礴大雨

7

夜的飞瀑
坠落尘世的峡谷
使得我的美梦
在群星间飘浮

8

我从夜的最深处醒来
像是一只啄破蛋壳的雏鸟

清晰地打量着
这个全新的世界

9

我能在所有的镜子中存在
却不能成功进入任何一块
镜子里我有另一种模糊的脸
镜子的厚度是我一生的时间

10

我静坐在夜里
思绪的羊群
早已翻越头脑的栅栏
来到你的窗前
漫山遍野寻觅青草

11

痴情的少女
是一只洁白的蚕
吃下的爱情的桑叶
使其作茧自缚

12

我的掌心开出一朵花
为此我忍痛刺破肌肤
让根延伸至心底

当她出现于你的梦境
请不要讶异她的凋零
但请你知道　她
曾吐露的赤诚

13

白天　我在热闹的人群中　走失
夜晚　我踩着冰冷的马路　推开家门
我终于得到了
所有我想要得到的
也终于失去了
所有我不愿失去的

＊第四届"抒雁杯"青春诗会优秀作品一等奖获奖作品。

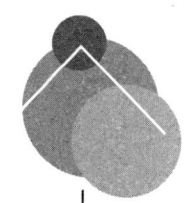

教师诗选

陈然兴

男,1983年生,河南南阳人,西北大学文学院教师。反射弧奇长,性情之外人,偶尔作诗哄自己。

白鸟

久久地望着　水里的
望着　望着水里的自己
跟自己比　一动不动

我在高速列车上看到它
流星一样掠过　流星
一样擦去所有的风景
径自停留在眼前的玻璃上
表演这惊心动魄的一幕——

它以嫩芽破土之节奏探出趾尖
一点点接近　在刚一触到水面时
突又缩回　如同
遭受巨大的悔恨
如同一记蓄力的肘击
如同被它点破的
是一团火　一口井
一块新鲜的伤口

我在火车连接处

那方倒影一切的玻璃后面
打了个寒战　随即
一动不动很久
如我希望的一样
很久

高字民

男,1970年生,陕西临潼人,文学博士,广播电影电视系副教授,现从事戏剧与影视学教学与研究。教研之余,创作的诗歌、散文,曾在《西安晚报》《西安日报》等报刊发表,创作的剧本,多次荣获优秀剧本和优秀编剧奖。

深井与回声

儿时的那个老院子
一棵婆娑的老桑树
遮蔽了夏日的天空
让我在白天看到了
夜晚才会有的
蜜蜂般飞舞的星星

花白胡子的爷爷
卸下了他的老花镜
站在没有蜜蜂的日头下
变魔术一样
用太阳将火纸点燃
然后悠然踱进树影里
呜噜噜抽起了水烟
聋子二伯和哑巴二婶
用他们独有的语言交谈
院墙边他们仔细地
将捡回的破烂儿整理归类

慢慢堆成一座小山
我好奇地在一边呆立着
看他们认真地劳作
和偶然一回头
汗涔涔的两张笑脸

忽然一阵疾风
吹走了满地的蜜蜂
吹来了沉闷的雷声
我们全都躲回屋檐下
看桑树张开翅膀飞舞起来
熟透的桑葚雨一样落下来

童年　恍若一场梦
梦里有棵树
树上是黑红的桑葚
树下是金黄的蜜蜂
围绕着他们的老院子
像一口深幽的井
闭上眼你就能
听见回声

美人鱼

夜空是大海的倒影
星星是夜的眼睛
你是那眼中秋波的流转
在一瞬间
读懂了　沧海桑田

海水蓝蓝的
泪水咸咸的
我的梦是一片大海
你就是那
海的女儿

诺言

就这么静静地坐着吧
不说什么话
偶尔　相视一笑
听见　时间像深秋的落叶
簌簌落下

就这么沉默地等着吧
沉浸在一种优雅的仪式里
用彩色的想象
虚构一个幸福的框架

沉默　是把黄金锁
把沉甸甸的诺言
锁在心里

心很宽敞
有一句话
却在里边
磨得发亮

游侠

我想　我的祖先
一定是位长发飘曳的游侠
在遥远如天边的年代
他凭　一柄长剑
一匹白马
整日纵横驰奔
浪迹天涯

那时候　风很自由
云也潇洒
暮色却故作深沉
捧出一片血色残阳
如诗如画
我的祖先无意间驻足凝望
不觉　潸然泪下

今天　作为祖先的后裔
我带上纸笔
迎着一片晨光的微晞
悄悄出发
我要追寻他漂泊的身影
飘曳的长发
还有那风一样的长剑
云一样的白马

风吹过云飘过的地方
只有静静的土地
和一片自由的庄稼

向阳

阳光
掷地有声
黄金的碎片
割破每一根
慵懒的神经
鲜血与时间
同时凝固
赤裸裸的荒原
曝晒我们
充满野性的激情

初春的大地
芒刺在背
梦　开始解冻
虽然它的边缘
依然荆棘丛生

刘炜评

男,本名刘卫平,字允之,号半通斋主。陕西商洛人。现为西北大学文学院教授、《西北大学学报》主编、陕西省文艺评论家协会副主席、陕西省散文学会副会长、陕西省诗词学会副会长等。主要从事中国古代文学的教学、研究及中国当代文学批评,兼事文学创作。

春歌

莺飞草长的日子
所有的畅想
都因你而疯长
也把你的心思
和春色一起
收藏

双刃剑

我知道很多话不能说
说出来就是双刃剑

假戏真做
会把自己做进去
真戏假做
又会把好心情做完

我不能像很多人一样
不断用谎话编织花篮
只愿在心中点一炷香
让它从青春
燃到暮年

瀛湖作

中国大地上
唯一清澈的江河
是陕南的汉江

星移斗转亿万年
竟未改当初模样

我从肮脏的地方来
在汉江洗濯三日
洗濯所有的肮脏

可是明天
又得回到
肮脏不堪的地方

落红

行走在旷野
拥抱早春寒风

很冷,很冷
但快乐着
因为某种感觉
可以抻得长长
独自享用

也许风停了
一切尘埃落定
那时我会
莞尔一笑
然后化作
一瓣落红

我诅咒这个早晨

守候每一个黎明
却诅咒这个早晨

我知道
云端上的你听不到
在这个早晨
四面八方的哭泣
淹没了白鹿原
因为你
一个抽雪茄写小说的人

呜呼人间何世
又见大树飘零
天若有情天亦老
非夫人之为恸而谁为
在这个早晨
……

哀悼过多少逝者
亲人 熟人 陌生人
泪写过多少祭文
但在这个早晨
词汇如此贫乏
关于你

一个吃泡馍听秦腔的人

滋水呜咽
麦子停止了疯长
没有了你
原上原下四月天
还有美丽吗
五月的鲜花
又该送给谁

守候每一个黎明
却诅咒这个早晨

邱晓

笔名西读令狐冲,男,1982年生,山东淄川人,西北大学文学院教师,常写书评、影评、小说和诗,好骑行,好想入非非。

护城河

一千多年前
李白离开长安城
乘着一腔酒兴
去长江里捉月

二零一四年末
我的学弟刘少杰
乘着一场初雪
来到长安城
遍邀友朋
为他做个见证
他要与过去的荒唐
做个了结
"从明天起"
他说
"要做一个好人
喂马劈柴
关心粮食和蔬菜
贷款买房买车
娶一个陕北婆姨

过幸福的生活"

要做一个好人的刘少杰
乘着一腔酒兴
步出母校北门
站在护城河畔
唱了人生最后一支歌

有人猜他是有心寻死
有人说他是无心失足
我却明白
他是要到水中捉月
他想知道为什么
影子总是要比实体
美丽得多……

鹊巢

燕子不归
布谷不见了
只有灰色的喜鹊
唱着喜悦的悲哀
把它的巢穴
搭在高压电线的杆架上
做了不肯拆迁的
钉子户
从此
唯鹊有巢
唯鹊居之
灰色的鹊巢
再无绿叶的遮蔽
和晚风的轻摇

壶口瀑布

人
把老虎、狮子
关进笼子里
这还不够
又用铁栅栏
把黄河水
圈起来
然后,站在栅栏外边
一脸假笑地
自拍或被拍
于是,所有的照片
都自动忽略了
十里怒吼
那是被侮辱者的
咆哮、抗议和诅咒

龙门

水到龙门
黄河
变得宽厚圆润
成了一个真正的女人
鲤鱼跳动一次
是她孕体胎动一次
声息深沉
是她在聚力养神
——不远的前方
将有危险的决裂
和痛苦的临盆
她要准备
在危险和痛苦中
做母亲

一年里的最后一天

在这一年里的最后一天
我惊觉
我在过一种被设计的生活

就说这漫天的雪花
看它凌空高蹈
貌似纯洁
实则是一个
弥天的谎言
它要暂时掩盖
大地上
无人认领的死尸
它还勾结了
闪烁其词的彩灯
为雾霾笼罩的节日
点缀升平
更有晚会上
那浮夸的欢嚣
企图让人们
对痛苦的呻吟
不闻不问

在这一年里的最后一天
我惊觉 我不能

再生活在楚门的世界
我不愿
我自己的三百六十天
被包装成
普天同庆的一年

尚斌

诗人、西北大学文学院教师。本、硕、博就读于浙江大学人文学院中文系,诗作散见于《诗歌报》《诗歌月刊》等期刊,曾获浙江大学文学大奖赛一等奖。

华灯初上

《平凡的世界》中
孙少平受挫时常跑去一个无人的山坡
在那里,晚霞被黑暗吞尽
借着蝙蝠的夜色,他扒光土地贫瘠的视网膜
去看世界另一角海上坐着的孤独者和梦想者
他看不见身后的白玉兰像炊烟一样升起
身前的墓碑像稻草一样随风摇晃
在那里,一个乡村的信徒眺望万家灯火
他流下一片热泪

贵念与浮音

秋雁从夏夜冰凉的月影边隙离乡飞行
世界暗室的景色
透过虔诚者又丢失一捆金珀的目光
究竟是幽人从无言的江渚边带着我的萧瑟与屏息站立光中
还是可恶的幻象
一颗熔化在口中的黑咖啡糖
在甘甜与苦涩间摇摆
在鸣世者的荣誉与遗世者的狼藉中
舟泊无数。无舣,也无了坏空的销魂

风雨飘零的沈园
也不再因那人提裙坐下而丛生出树脂般白皙的温暖
唯那声音
动不动就妙用的情语
依旧动听依稀,杳渺沉邃
但未留在站台
未留在车过后大片木槿疯开的田野以北
像现在,睁眼:四目交织在车窗结痂的玻璃渣滓里
闭目:一颗孤谢的松子滴落在梦中的湖面

希风亭

她倚靠在
朱砂磨出鸡眼的亭柱旁

薄暮飘散在她的莲池心上
就是一张皈依证

降落在粉碎的掌纹里
就是一张老年办发的《宽心谣》

她默念完六字佛号
就念"日出东海落西山,乐也一天愁也一天"

那件的确良衬衫对每个经过的生灵
柔顺地说:你好

而昨夜一场荒梦将她寒醒
远离多年的父亲像海贤老和尚一样音容慈穆

他手里,攥着旧粮票、古法帖和玻璃碴
他眼里星河黝黯

那些毒草只是思念的阴沟
那些思念,她要乘以十倍的浑浊才能擦亮

灰蒙蒙的家属楼渗出稀饭米香
让辛酸先闻,以免平凡会哭出声来

母羊

母羊跪在苔藓吞噬画意的岩石上，
看着江水自西向东，从浩瀚到无声。

有次做梦，灵魂的地主嘱托：
静守愚痴，你迟早会长出鸿雁抖擞的羽毛。

可羊毛护膝就是从她身体上
一撮撮扯开来，一把把撕下去的。

四万滴砂砾敲打着岸边秃脑的盐碱地
她的相好在一片延迟的空气里等待心坎暖起

她凝望的眼神又美又寂寥，
可以绣进绛紫鲛绡，燃起这段空蒙蒙的距离。

求青草，
求交电话费。

妄想留宿一九九六年武功雨夜

雨水在后半夜渐渐远离
屋檐一角,滴零的水珠
像从我刚启明的昏梦里一道垂落
它的节奏精密,僭越里屋的窗棂
后院的猪舍在我耳畔似有恍然动静
那沙沙的布鞋磨动之声
莫非是我遗忘多年的表姐在暗夜默默起身
继续操劳的本性,还是布下忧愁的迷思?
向我叮嘱,回忆不过是从幻象回到幻象
从不能如实播放流失的所有影像
而我此刻却清醒得愈发真实
凉席有秸秆和尘灰杂糅的气味
枕头有荞麦皮积淹颅骨的质感
对面那张老挂历,触不到,漆黑遍体
却冷星折射出飘忽的夜光
"武功县面粉厂。一九九六年。"我凭着
虚无的印象坚决推测
我听见旧时代粗重的鼻息
不知是走失的故人孤身前来
还是与野地里众多模糊的面孔相遇汇流
我侧身躺下,平心静气地等待
或者享受安宁幸福的藏匿
仿佛已寻找多年,才瞥见彗星之光
从环回的轨道上再次莅临,朗照

使我不再抵抗
至于那喧嚣无尽的世界
不知要翻越多少旧坟,才能来到
回忆者内心波不灭不惊的空寂海面

王滔

　　西北大学影视系教师,本科学理工现在搞电影,最擅长用跨专业复合型人才的光环掩盖自己的不学无术不博也不专,用心拍过几部肤浅热闹的作品,认真教过一堆不好不坏的学生,如今,还死气白赖地赖在电影的石榴裙下期待有一天自己能完全把它占有。

父与子(组诗)

缩小药

如果有缩小药
多少钱我都买
给你吃
再把你塞回你妈肚子里
或者我吃
我回我妈肚子里
要不
给这个世界吃
然后把它一脚踢开

我揍你

你不学习 我揍你
你捣蛋 我揍你

你骂人 我揍你
你剩饭 我还是揍你
怎么着
我就是揍你
因为
我累了

你要好

你要学习好
你要钢琴好
你要体育好
你要品德好
你什么都要好

这样
我才能早早把你扔掉

好爸爸

听过一句屁话
让儿子踩着自己肩膀
就是好爸爸

凭什么啊

最好咱俩手拉手
去踩别人的肩膀
或尸体

我还是赚了

山路蜿蜒
你走在我前面
你回头
看到老了的自己
我抬头
看到年轻的自己
我还是赚了

杨遇青

　　男,1979年生,陕西绥德人,西北大学文学院副教授,博士生导师。文学博士,中国史博士后。生长于塞北朔漠之间,年少轻狂,拈笔为文,不脱边塞习气。现从事明清文学、中国文学思想史研究,著有学术著作多部。

我是一片穿越荒凉的风

与我擦肩而过的这片荒凉呵
冰凉成一片温柔的月
小鸟在枝丫上歌唱
叽喳是荒凉的河流在荒原上荡漾
谁说这歌声只如往事一样凄茫
歌声里注定要垂一脸泪花,穿过如荷载历史的羸马
难道不可以在马背上驮些音乐和干粮
在遥远的地方响起叮咚明丽的音响

我是一片穿越荒凉的风呵
穿越这死亡的恬静和生命的抑扬
山泉干涸的唇崩裂在土地上,不在沽哝清流的呓想
我长长的疲惫缠绕着翠咯生生的嫩草,洗沐一片清凉
村落里的老树在沉睡又沉睡的岁月里毕剥作响
抽出亮丽的花
我又何妨这样嘶哑地吟唱

我便这样穿越荒凉

鸟声装在吉他的弦上,吉他被冬夜的月冻僵
老树不再抽芽,是我眸子里全部的悲怆

我祈求拉斯维加斯的蝴蝶
——写给拉斯维加斯的蝴蝶的情书

我祈求那只拉斯维加斯的蝴蝶,展翅于美丽而辽阔的草原
我那蝴蝶翩翩而飞,幻化无数倒影,荡漾在大地的眼睛里,是载满草原的花
南方的风是翠绿色的,离离原上草齐声歌唱,因为草原的女儿,正端翔于草原之上

我祈求那只拉斯维加斯的蝴蝶,憩栖于七彩的阳光之上
阳光薄如蝉翼,我那美丽的蝶,掬一束阳光,沐浴她羞涩的脸庞
阳光砸上你的翅膀,哗哗作响,波澜荡漾,洒了一地,淋了一场润物无声的雨

我祈求那只拉斯维加斯的蝴蝶,在春天的发梢轻快地舞蹈
她生命泊止的方式就是人世间最美的姿态,翅膀是她如风如花的笑靥
月亮是天空的泪水,扎一束月光为她搭作舞台,让她倾情演绎生命优雅的传奇

我所祈求的那只拉斯维加斯的蝴蝶呵
是白雪无法企及的情人,是春天最优美的经典,是黑夜默默含情的眼睛

是那曲古色古香的梁祝中,浓缩的一瓣馨香,延续着人类
　　爱与美的希望

我祈求那蝶儿的芬芳,萃取大地精粹的色彩与语言,为我
　　的爱情加冕
我呼唤那大洋彼岸的阳光,洗净我虔诚的躯体,让我以无
　　上的荣光,登临风雨之巅
我收到了你泊满香泽的信息,采撷了你翅膀上一束优雅
　　的弧度
从大洋那边,从海风萧萧,从热带雨林的龙腾虎跃,
从江南一袭袅袅炊烟,停泊在我的眉睫之间
我听见风雨骤至,街枚疾走,是你心跳的鼓点
我伫立在暴风雨之巅,倾情阅读你热烈而狂暴的音乐
我岿然不动,伫立在暴风雨的心脏,吻你沾满泪水的眼睑
芳香在大地弥漫,色彩在春天灿烂,舞蹈在人间流传
一曲梁祝,杳然不断。冥晦之间,你照亮了我永恒的青春
　　和千年以前不朽的爱情

天空是拉斯维加斯那只蝴蝶的信笺
写满狂暴的音乐和密密麻麻的缠绵
彩虹有七种颜色
是你用草原上的七种小花和翅膀上的七种色彩
编织的一束,作为航行过大海的邮票
插在了写给我的情书的左上角

我不是一个诗人

我对大地说,我不是一个诗人
可夕阳却是我唯一的泪花
我唯一的泪水便深深地拥抱住你
我渗透你的苍凉和孤独如落花成泥
我对疯子说,我不能忍耐孤独
刀剑也可以凋零如花
岁月冗长哪 一年便走进我的额头
我想大哭 我却大笑
如那瓣落花哭过凋零笑过灿烂

晚秋吻过每一朵花,花便死了
树杈的延伸开始远远小于它的张力
你想说什么呀
可你也不是一个诗人
枝丫直直地伸展像张大的嘴巴

疯子却在大笑,像秃了毛的野鸭
凄厉几声,也想活到来春?
我不是一个诗人
或者我是一朵纤弱的小花
当一场死雪埋葬了我的母亲
我凄凄瑟瑟宁愿选择死亡

疯子,如果你真的能活到来春
啊！青草泛滥的来春

赵涛

女,电影学博士,现供职于西北大学文学院,著有《张刚喜剧电影文化史评》,业余好写诗歌、乐评、影评,电影栏目《银色快讯》出镜嘉宾。

胭脂扣

问世间情为何物
我说
情就是绝命殉情
将爱腐烂在阴翳衰朽中
再开出不败的花蕊来
纵然如烟花那样殉身殒命
也要璀璨出人间之最美

虽为烟花风尘女儿身
也曾美艳绝伦
也曾压盖群芳
无奈凡心所望
痴情错付于那个叫作十二少的绮筵公子
多情竟变为一生的羁绊

红颜自古多凄楚
我和你
说好黄泉路上携手共进
为何你独自贪恋这人世间的虚浮浪情

舍我在魑魅世界里寻寻觅觅
望眼欲穿

五十三年冗长的相思
令年华瞬间老去
无奈人生长恨水长流
生死誓言变为人间浮云
胭脂扣 胭脂泪
一生一世的承诺
都已幻化作云翳飘散
从此
不再眷念这尘世间的
苦和恋

美的相遇

那是最美的相遇
海浪敲打着爱的潮汛
那是最好的相遇
炽热的情话无处隐遁
那是最美的相遇
遇到了最真的你
那是最浓情的亲吻
那一吻
风也酣醉
云也沉沦

在雨中

在雨中
霓虹闪烁着蛊惑的眉眼
凉风激荡着蜜桃的妖冶
所有关于我们的过往
都如这寂静的夜
也有锦似的明艳

在雨中
回望时光如落花般飘零
记忆飘忽如风如烟
明丽的光舞是我轻柔的呢喃
飞溅的落雨是萦绕着我的绵缠

在雨中
浓密的星子亮着澄澈的鲜妍
光洁的明月透出怅惘的浓酽
飞扬　飘散
在雨中　你和我
一起拨动那耳语似的情弦

雨夜
——和席慕蓉《雨夜》一首

在这样淫雨霏霏的冷夜
在这样愁云缱绻的季节

总有人神色凝重
在人群中步履倥偬
雨水将他的发丝浸透
恍若昨昔 被翻拍成
一帧一帧黑白的影像

总相信曾经的恋人浓情如许
在每个琥珀色的黄昏和夜晚
我不得不放缓细碎的脚步

回眸　向雨巷的深处

无题

夏日繁缛的思绪
缠绕着记忆的藤蔓
知了在声嘶力竭的鸣唱
空气中的湿濡
弥散着暖暖的怨

因为你的缺席
便一切没有了妩媚的模样
仿佛世界就此冷却了冰凉
没有季节抵达这繁华的凄凉

怅惘锁住了僵致的笔
痴情封存了久违的怨
还有什么能抵得上
你的登场
让我的世界变得如此
澄澈而光亮

编后记

  呈现在读者面前的这本诗集,囊括了近几年来西北大学文学院学生现代诗创作的菁华,其中收集有 2010 级到 2015 级本科生诗歌作品 111 首,研究生诗歌作品 20 首,教师作品 30 首。

  西北大学有着优良的现代诗写作传统,我校杰出校友牛汉、雷抒雁是这一传统的标志性人物。2013 年,诗人雷抒雁辞世,为了继承和发扬他"坚守诗性正义、不懈自我探索"(牛宏宝语)的创作精神,西北大学文学院开始筹划举办"抒雁杯"青春诗会。每年的 4、5 月份,在校园的某个角落里,伴随着《小草在歌唱》的朗诵声,所有热爱诗歌的西大学子齐聚一堂,评优颁奖,交流经验,这一活动已连续举办了四届。"抒雁杯"青春诗会的举办大大激发了同学们阅读现代诗、创作现代诗的热情,校园诗歌创作氛围为之一新,出现了学生自发组织的"诗社"(就是诗集中的"我们"诗社),甚至学生自己印制的诗集。几年下来,就有了一大批数量可观的优秀作品,这是这本诗集得以产生的缘由。

  作为写作课教师,我始终关注学生诗歌创作的情况。我认为,现代诗是大学校园文学中最重要的形式。它的单纯、短小的文体特征和重抒情、重感受的审美本质,使它较其他文体更易被学生接受,在创作练习中也更容易产生令人满意的成品。看到这些诗歌作品由活泼的情感转变为坚固的墨点,心中的激动难以言表。现在,它们将正式以"诗"的身份开始新的生活,它们的命运如何将取决于你们——亲爱的读者,你们爱诗的人,我相信你们一定会像我一样从中读出难以忘却的青春的梦,以及比这文字美好千百倍的有关未来的幻想。

  诗集出版得力于学院领导的关心和支持,段建军院长、谷鹏飞副院长、杨遇青副院长亲自参与了诗集策划的工作并提出了许多宝贵意见。在作品编选的中,周春雨和李鹏飞两位同学做了大量的工作,又有马子娟、张婷、席继东、吕佩昕四位同学协助校订,在此一并致谢。

陈然兴
2016 年 11 月 21 日

图书在版编目(CIP)数据

文苑华章/段建军主编.—西安:西北大学出版社,2016.12

ISBN 978-7-5604-3987-7

Ⅰ.①文… Ⅱ.①段… Ⅲ.①中国文学—当代文学—作品综合集 Ⅳ.①I217.1

中国版本图书馆 CIP 数据核字(2016)第 319937 号

文苑华章

作　　者	段建军　主编
出版发行	西北大学出版社
地　　址	西安市太白北路 229 号
邮　　编	710069
电　　话	029-88303404
经　　销	全国新华书店
印　　刷	陕西博文印务有限责任公司
开　　本	740 毫米×1040 毫米　1/16
印　　张	90.25
字　　数	1343 千字
版　　次	2016 年 12 月第 1 版　2016 年 12 月第 1 次印刷
书　　号	ISBN 978-7-5604-3987-7
定　　价	160.00 元